Nazuna Miki
三木なずな
Illustration
伍長
JN031647
善人おっさん、
生まれ変わったら
SSSランク
人生が確定した
6

マリ
アレク

リリー
エリザ
アンジェ

「もう一つ、強くなった思いがあるわ」

「――ん！」

エリザの顔が一気に近づく、
視界が彼女の顔に遮られる。

最後に見たのはエリザが
まぶたを閉じるところ。

感じたのは――エリザの柔らかい唇。

一瞬のこと、一瞬だけのこと。

エリザと、唇同士のキスをした。

「あなたの女になりたい。
そっちは……許されるはずよ」

「賢者の剣」
『応』

賢者の剣を突き立てたまま、
目を閉じて魔法陣を広げて、力を高める。
地中深く埋まっている神の力に向かって
意識を伸ばして――力をぶつける。
浄化。
目を開く。
向こうを浄化した後、あふれ出した私の力。
それが地上に出てきて、
毒沼などの穢れたものも浄化していく。
毒や死体など、それらは分解され、
光となって空に昇っていく。
よし、これでいい。

Contents

ダッシュエックス文庫

善人おっさん、生まれ変わったらSSSランク人生が確定した6

三木なずな

第十三章

01 ✦ 善人、神罰に打ち勝つ

A good man,Reborn SSS rank life!!

一人、また一人と私の影から出てきては、馬車の外に出ていく。

ドロシーやメイドたち、私の影の中に住む者たちだ。

影の中にいると会話が聞こえてしまうから、彼女たちに出ていってもらって——人払いをした。

ちなみに目の前の天使の存在を誰も驚かなかった。

アザゼルやマルコシアスなどで天使の存在には慣れてるし、アスタロトという女神まで私に付き従っていることを知っている。

そのため、人払いは順調にいった……のだが。

「エリザも」

最後の一人、エリザだけ馬車から出ていかなかった。

「ここにいるわ」

「しかし……」

「お忍びとは言え皇帝よ」

エリザの言葉が字義通りではない場合が結構ある、今のもそうだ。

今はメイドじゃないから命令は聞かない。

エリザがそう主張している。

「どうしよう」

私は天使の方を向いて、意見を求めた。

エリザと話した直後だと私も言葉足らずになってしまうことがあるので、急いで補足した。

「エリザも一緒でいいかな」

「……わかりました。帝国も無関係ではいられませんし」

少し迷った後、天使は渋々ながら受け入れた。

人払いが終わったので、私は天使に再び聞いた。

「どうして僕が死ななきゃいけないの？」

「十三歳にしてもう前の人生を越えたから」

天使は苦虫《にがむし》をかみつぶしたような顔で語り出した。

「人間は、人間に生まれ変わった場合、審査がニュートラルのDランクに戻るの」

「ふむふむ」

「それはあなたも同じ、ＳＳＳランクであろうと、人間として生まれた場合、審査分がまったくなしのDになるのよ」

「それだと何もしなくてもその次は人間に生まれるけど、何回か動物に――ああそっか、人間に生まれた場合だね」

　天使は静かにうなずいた。

「懲罰的《ちょうばつ》に何回か動物に生まれ変わらせることはあるけど、そういう時は審査する時にマイナス分をあらかじめ魂に刻み込んどくの」

「そういうことになってるんだね」

　天上界、そして生まれ変わりのシステム。

　まだ色々私の知らないルールがあるみたいで、いつかそれを解明したいなという好奇心が頭をもたげた。

　もちろん今は自分のことが先だけど。

「でもDになったのに、あなたは十三年間の人生で、前を越えたSSSになった」

「当たり前ね、アレクが今までしてきたことを考えたらそうなるわ」

　エリザがちょっと半分威張るような口調で言った。

　それをやられるとちょっと恥ずかしくなる。

　天使はさらに続けた――私の羞恥《しゅうち》プレイなど目にも入ってないって感じで。

「十三歳でこうなってるんだから、どこまでいってしまうのか。だから」

「そっか」

「もちろん今死んでもSSSランクだし、神様にもなれるよ。それでもまだ人間がいいなら、今回みたいな人生になるようにできるだけ生まれ変わりの手伝いをする」

「うん」

「もちろん違うことをして相殺《そうさい》するのがいいんだけど……無理だよねそれ」

私は苦笑いした。

「進んで悪事を働きたいとは思わないね」

「悪事じゃなくてもいいの！　例えば彼女の父親、前の皇帝みたいなのとか」

「酒池肉林《しゅちにくりん》の浪費三昧《ざんまい》ね」

エリザがものすごく端的に答えた。

前皇帝のやったことをざっくりとまとめた。

「はい！　もちろんやり過ぎないように私がメーター代わりになって補佐します。例えば……そう！　今のままなら一万人のハーレムを築いて、それを飽《あ》きたってオモチャのようにポイ捨てしても次はCランクの中流家庭に生まれることができますよ」

「史上類を見ないハーレムね。帝国でもっとも多い時でも三〇〇〇人だったわ。それにしたって侍女《じじょ》や洗濯女《せんたくおんな》を全部入れた数よ」

「そりゃそうだよ。三〇〇〇人なんていたら何日かかるのよって話だもの」

私は苦笑いした。

私も男だから ハーレム願望は否定しないけど、三〇〇〇人はちょっと色々と違うと思う。

「なんでもします！　悪事を働けないっていうのなら、そういうことができる性格にします！」

「性格？」

「はい！　生まれ変わる時に飲ませる——」

「ああ、記憶を消去する」

頷《うなず》く天使。

終末の審査の後、生まれ変わる直前に記憶消去の薬を飲まされる。

それでまっさらになって生まれ変わるのだけど。

「そっか、あれを使えば性格が変わるんだ」

「はい！　だから……お願いします！」

ものすごい剣幕で私に迫る天使。

お願いごとはできる限りなんとかしたいと思うけど。

「ごめん」

「え？」

「今死ぬのも性格変わってしまうのもお断りするよ」

「で、でも！」

「したいことがまだまだあるんだ、だから何があっても、今の人生をまっとうする」

「だ、ダメです、そんなことを言ってしまったら！」

「え？」

天使が慌てて立ち上がった。

狭い馬車の中、頭をぶつけてしまう。

それでも彼女は痛みを無視して、私を必死な目で見つめながら――。

「気にしてるわね」

「してるね」

同席した聡《さと》いエリザがそのことに気づいた。

天使が私を見つめながら、空をずっと気にしていると。

なにかあるのか――。

「ああっ！」

悲鳴のような声を漏《も》らす天使。

異変はすぐに分かった。

普段からほの暗い馬車の中だが、より一層暗くなった。

まるで通り雨が急に降ってきたかのように暗くなった。

「逃げて！」

天使の警告、しかしそれはすでに遅かった。

暗くなった馬車の中で、私だけが明るく照らし出された。

天井を貫いて、空から降り注ぐ――ピンポイントに私に降り注ぐ一条の光。

「二人とも逃げて！」

賢者の剣を抜く、馬車を切り裂く。

ばらばらになった馬車の中から天使とエリザの二人を弾き飛ばす。

「――！」

直後、衝撃が体を突き抜ける。

目の前の視界がぶれるほどの衝撃が全身を突き抜けていく。

そして、圧力。

空からのものすごい圧力がのしかかってきた。

それだけで終わらなかった。

灼熱《しゃくねつ》、極寒。

数千度の業火《ごうか》が体を焼くのと同時に、骨まで凍える寒さが襲う。

「ぐっ……うぅ……」

それらに遅れてやってくる、ありとあらゆる苦痛。

ピンポイントで降り注ぐ光の中で、私の体にありとあらゆる苦痛が襲った。

「アレク！」

「ダメです！　あれは……あれは……もう！」

駆け寄ろうとするエリザを止める天使、その顔は悲痛の一言に尽きた。

周りにいたメイドたちはポカーンとしてて、ほとんどがへなへなとへたり込んでいる。

さらに痛みが増した。

いや、痛みすら越えた痛み。

ダイレクトで神経に「痛い」と押しつけてくるような、原初的な痛み。

魂さえもすり減らされそうな痛みの中。

「う、おぉ、おおお……」

賢者の剣を握る手に力が入った。

抵抗する。

体の中から反発する力を呼び覚まして、賢者の剣——ヒヒイロカネを通して増幅する。

押し合いだ。

天使すら絶望する力——光の柱を、増幅した力で押し戻す。

「まだ……まだだ……まだ私は！」

が、向こうの力がさらに増した。

とてつもない巨大な力に押しつぶされそうになった。
一瞬だけ、頭の中に走馬灯《そうまとう》のように、様々な人の顔がよぎった。
今までの、この人生で関わってきた人々の顔だ。
それらの顔が次々と浮かんでは消えていく。
走馬灯の最後は——アンジェ。
聡明にして怜悧《れいり》な可愛《かわい》い女の子が、ものすごく悲しそうな顔をしている。
未だかつて見たことない、悲しい顔。
「させて……たまるかあああぁ！」
力が溢《あふ》れる、全力を引き出した先の力。
限界を超えた先の力——それが一気に溢れ出す。
パリーン！
乾いた、ガラスが割れた時のような音。
光も、痛みも。
全てが、嘘のように消え去った。
「うそ……創造神様の神罰が……」
さっきまで悲痛な顔をしていた天使が、何もかも信じられない。
——そんな顔をしていた。

02✦善人、全員を守る決意をする

A good man,Reborn SSS rank life!!

「はあ……はあ……」

「大丈夫⁉」

賢者の剣を杖《つえ》のようについて、今にも倒れそうな私を案じる天使。

こんなに消耗《しょうもう》したのも、こんなに傷を負ったのも生まれて初めてだ。

「大丈夫、だよ。それよりも……」

周りを見た。

エリザ、そしてメイドたちがバタバタ倒れていた。

全員が地面に倒れてて、意識がない。

一番近くにいる、直前までそばにいたエリザの元でしゃがんだ。

「くっ……」

しゃがもうとしたら、そのまま膝から崩れ落ちてしまった。

「もう動かないで下さい！　創造神様の神罰なんです、生きてるだけでもう奇跡なんです！」

「そうは……いかない……」

震える手を伸ばしてエリザに触れる。

息が細い、衰弱している。

顔を上げて、他のメイドを見る。

全員が似たような状況だ。

神罰とやらを弾《はじ》いたはいいが、その余波が彼女たちに行ったみたいだ。

助けなきゃ。

「――えっ」

手をかざして治癒《ちゆ》魔法を使う――が発動しない。

「魔力がゼロだ……」

神罰を弾くために、限界まで魔力を絞《しぼ》り出した結果、初歩的な治癒魔法すら使えないほど消耗していた。

「休んで下さい。魔力が本当に切れると精神――魂が！」

天使が叫ぶ。

魔力が底をついているのに無理矢理魔法を使おうとすると、魔力の代わりに魂を消耗することがある。

魔法は使えるようになるが、魂は一度消耗したら回復するものじゃない。

使い切ったらそれっきり、転生すらできずに完全に消滅する、と以前賢者の剣から聞いた。

しかし、それはダメだった。

周りを見た、メイドたちの数が多すぎる。

魂を限界まですり減らしても足りない。

もっと他の方法を考えなきゃ。

とにかく魔力、少しでも魔力があれば――

「あっ」

ある魔法を思い出した。

突き立てた賢者の剣を抜いて、手のひらを切る。

手のひらを横断するほどの長い傷から鮮血がどくどくとあふれ出した。

「何をしてるんですか！」

説明してる暇はなかった、出血でさらにくらっときた。

倒れそうなのをぐっと堪《こら》えて、魔法を使う。

鮮血を媒体《ばいたい》にして、体力を削《けず》って魔力を回復する魔法。

この世で唯一、魔力を消費しない魔法。

およそ丼《どんぶり》いっぱい分の鮮血で、治癒魔法一回分の魔力が回復した。

まずはエリザ。

手をかざして、治癒魔法を唱える。
エリザはみるみるうちに回復していき、顔色が戻ってきた。
そして、私の体がぼうっと光った。
「えっ……」
「よし」
回復したエリザを影の中にしまって、近くに倒れている別のメイドに近づく。
メンバー子爵の娘、令嬢メイドの一人、アグネス・メンバー。
彼女にも治癒魔法をかけた。
ロータスの能力、私が魔法を使った時に一割の魔力を回復する。
呼び水の魔力回復、それで治癒魔法を使ったおかげで、全魔力の一割が回復した。
こうなれば魔力はもう足りる。
私は次々と倒れているメイドたちに治癒魔法をかけては、自分の影の中に隠した。
「限界を超えてるのに……すごい……」
幸い皆たいしたケガではなかった。
直撃は私が受けたから、皆はその余波、とばっちりだけだ。
治癒魔法をかけて一晩も休めば元に戻る。
それは間違いない。

だけど、そうとは分かっていても。

私は一刻でも早く、とメイドたちを次々と助けた。

魔力が底をついたのと同じように、体力も実は限界を超えていた。

それなのにメイドたちの治療を優先し続けた結果。

「ちょっと！　大丈夫ですか⁉　あああ！」

最後の一人のメイドを影に戻した後、天使の悲鳴がこだまする中、意識を手放したのだった。

☆

「次、二人で足止め」

「私が行きます」

「いいえ私が」

「今こそご恩を返す時ですわ」

奇妙な震動が体を揺らし、女たちの声が耳に入ってくる。

「少しでも遠くへ逃がすの。まずは二人、あなたはその次」

「分かりましたわ」

「先に残った二人が倒れたら、あなたたちが残って」

「「はい!!」」

すごい意気込みだった。

その意気込みに中《あ》てられて、ぼんやりしている頭が徐々にはっきりしてくる。

目を開ける、空が見えた。寝かされているようだ。

がらがらと車輪の音が聞こえて、仰向《あおむ》けの体が揺れる。

よく見れば台車だけになっている馬車に寝かされている。

「何が……起きてるの」

「アレク！」

「「「ご主人様！」」」

エリザの声と、メイドたちの声が聞こえた。

周りを見る。

私と一緒にエリザ、そして縛《しば》られている天使が台車に乗ってて、影の中に避難させたはずのメイドたちがいつの間にか出てきて、台車に並走していた。

「大丈夫？　体は？」

「うん、まだちょっとだるいけど――」

賢者の剣を持ち上げようとする――が手に力が入らなくて取り落としてしまう。

ヒヒイロカネの刀身が台車の上に落ちる。

「無理しなくていいよ。私たちがなんとかするから」

「なんとか？」

「陛下！」

メイドの一人が切羽詰《せっぱつ》まった声で叫んだ。

エリザ、そしてメイドたちが後ろを振り向いた。

私も振り向いた。

「えっ！」

驚いた、死ぬほど驚いた。

一〇〇メートルほど先で戦闘がおこなわれていた。

翼を持った天使のようなものが二人のメイドを取り囲んでいる。

天使っぽいのは一〇〇を越えている、メイドたちは奮戦しているが、呑《の》み込まれそうになっている。

足止め、というさっきの言葉が頭に浮かんだ。

「アリーチェ、キアラ」

「「はい‼」」

エリザが名前を呼ぶ、ぼんやりしてる時に聞こえたのと同じ二人の声が応じた。

「倒れたら残って」

「お任せ下さい」

「ご主人様を逃がせば勝ちなんです。こんなに簡単なことはないわね」

二人は私が与えた短刀を握り締めていた。

「待って、何をするつもりなの二人は」

エリザが答えた。

「しんがりよ」

「しんがりって……」

「少数ずつ残して、段階的に足止めするのよ。一度にまとめて残すより、少しずつ数を増やして残した方が結果的に長く時間を稼《かせ》げるわ」

「少数ずつって、それじゃ残った人は」

「ご主人様」

「ご主人様のためなら、むしろ嬉しいです！」

次に残る二人のメイド、アリーチェとキアラがまったくの笑顔で答えた。

見れば、他のメイドたちも同じ顔か、あるいは羨《うらや》ましそうな顔で彼女らを見ている。

「見なさいこの顔」

「エリザ……」

「皆あなたのためなら命を捨てる覚悟よ。だからアレクは逃げ延びることだけを考えてればいいの。あなた一人になっても逃げ切れば勝ちなんだから」

「僕一人になってもって……」

それはつまり、エリザもって意味だ。

多分エリザはそのつもりなんだろう。

皇帝としてやるのか、最後にメイドに戻ってやるのか分からない。

しかし、エリザも体を張ってそうするつもりでいる。

顔と台詞《せりふ》からそれがはっきりと分かった。

「そんなのは……くっ」

「安静にしてなさい。剣すら持てないのに無茶をしない」

「無茶をしているのはエリザたちだよ」

歯を食いしばって、賢者の剣を持ち上げる。

震える手を叱咤《しった》して、がっしりと柄を握り締める。

深呼吸する、少しは体が動けそうだ。

無茶をしてこの先どうかなっちゃうかも知れないけど、そんなことはどうでもいい。

私のために、メイドたちがそんな犠牲《ぎせい》になってはダメだ。

「エリザ、今の状況での勝ちはもう一つあるよ」

「ないわよそんなの」

「あるよ」

私は言い切った。

そしてエリザと、並走していながらもこっちを見ている令嬢メイドたちをぐるっと見回した。

「僕が敵を全員倒して、皆を無事に連れ帰ればいいんだ」

「――っ！」

全員が息を呑んで、足が止まった。

一人また一人と、夜の灯りのごとく次々と顔を赤らめていく中。

私は賢者の剣を握って、台車から飛び出してしんがりの場所に戻った。

03 ✦ 善人、神の使いを洗脳する

しんがりのメイドたちに一足飛びで追いつき。

「裁きの雷《いかずち》！」

魔力を高め、空から轟雷《ごうらい》を召喚し賢者の剣に宿す。

雷をまとった一撃で天使っぽい何かを押し返す。

「ご主人様！」

ケガを負って奮戦していたメイドたちが私の出現に驚く。

「大丈夫？　他に残ってる人は？」

「お逃げくださいご主人様！」

「そうです、ここはわたくしたちに任せて」

「――」

無言でメイドたちを見回した。

メイドたちはそれだけですくみ上がった。

睨《にら》んだ訳ではないが、不快感が少しあったのは否《いな》めない。

私は密かにため息をつきつつ。

「他に残ってる人は？」

「い、いません。私たちが最初です。ご主人様がすぐにお目覚めになったから」

「それなら良かった。後で皆集めて言うし明文化するけど、今も言っておくね」

もう一度ぐるりとメイドたちを見回す。

今度はできるだけ不快感を表に出さないように気をつけて。

「僕のために命を懸《か》けることは今後許さないよ」

「……はい」

メイドたちはまばらに頷《うなず》きながら、とりあえずは私の言ったことを受け入れた。

が、目の奥の光は変わっていない。

同じ状況がまたあれば、その時も同じく命を懸ける。

そんな風に密かに主張している目だ。

しかたない、それはおいおい諭《さと》していこう。

「僕が目覚めたからにはここは任せて、影の中に」

「「はい‼」」

メイドたちは全員が即答して、次々と私の影の中に戻っていった。

こういう命令は素直に聞くんだよな……。
「――と、そんなことを考えてる場合じゃなかった」
神格者の能力も使った必殺剣で追い返した奴らが戻ってきた。
改めて見てもやっぱり天使っぽい連中だった。
白色がベースの服、背中に羽ばたいてる四枚羽、わずかに差してる後光。
パッと見「ありがたい」感じのヤツが、合計で十人いた。
そいつらが一斉に襲いかかってきた。
持っている長物――杖《つえ》とも槍ともつかないもので攻撃してきた。
攻撃自体は鋭いが、ものすごい強いかといえばそうでもない。
ホーセンの二刀流の方がよっぽど速いし強い。
まずは受けて、動きを止めてから魔法で。
そう思って賢者の剣で先頭の二人の攻撃をガードした。
「――っ！」
受けた瞬間、体にたとえようのない喪失感《そうしつかん》が駆け抜けた。
体の中の何かがごっそりと持っていかれた感覚だ。
地を蹴《け》って距離を取る。
着地すると同時にダメージの確認。

「……え？」
ダメージはなかった。
体力も魔力も何一つ減っていない。
それでも喪失感があった。
何かが失われた。
体力でも魔力でもない何かが。
それは確実だ。
「ガードも上策じゃないね」
気を取り直して再び天使もどきの中に飛び込んでいった。
今度は四人、上下左右を取り囲む槍と杖の猛撃。
それを避けた。
包囲網《ほういもう》のほんのわずかな隙《すき》を縫《ぬ》って攻撃を躱《かわ》す。
今度は何も起こらなかった。
追撃してくるのが一人、それを受けると――また喪失感が私を襲う。
やっぱり受けてはダメだ。
避けなきゃ。
攻撃はどうか？

そう思って一番近くにいるヤツの攻撃を避けつつ、賢者の剣で何の変哲もない斬撃《ざんげき》を放つ。

「むむ」

天使っぽいのはとっさに飛びのいたせいで浅かった。

しかしそれは問題ではなかった。

問題は二つ。

まず、斬《き》った瞬間また喪失感が私を襲った。

接触はどうやら良くないようだ。

もう一つは――

「アレク！」

「エリザ⁉」

驚愕《きょうがく》する私。

振り向きもしないまま、魔法で障壁を張りつつ、聞こえた声でエリザの居場所を判断して、そのまま彼女の前に飛び出た。

天使っぽい連中からエリザを守る、そんな格好になった。

「なんで戻ってきたの？」

「動きが鈍い、何があったの」

「分かっちゃうんだ」

「ずっとあなたを見てたから」

なるほど、それで私の異変に気づいて戻ってきた訳か。

ちなみにメイドたちの気配はない。残してきたみたいだ。

そのことにちょっとホッとしつつ、喪失感のことを説明する。

「天使がそんなことを……？」

「ううん、天使じゃないよこいつら」

「天使じゃない？」

「うん、天使っぽいけど天使じゃない。正確に言えば天使の肉体だけど、魂が入っていない」

そう、それが気づいたもう一つの不思議なところ。

賢者の剣で斬りつけた瞬間分かったのだ。

相手には魂が入っていないことが。

「魂がなくて動けるものなの？」

「だから困ってるし迷ってる」

「……たしかに」

納得したエリザ。

そこで彼女は彼女なりの分析をした。

「これを送ってきたってことは、あれは当分ないってことね」

「あれ？」

「神罰。アレクを初めて気絶に追い込んだほどのあれ、もし二発目を連続で撃たれてたらアレクはもう消滅しているわ」

「……たしかに」

あの、天と地が万力になって押しつぶしてくるような強大なプレッシャー、創造神の神罰。

エリザの言うとおり、こんな奇妙な兵隊を追撃に送り込んでくるってことは後が続かないってことだ。

あれが当面ない、そう分かっただけで気が少しは楽になる。

「それはそうと、とりあえず倒して。倒せるんでしょ」

「そうだね。色々吟味《ぎんみ》するのは一旦落ち着いてからにしよう」

私の担当天使がやってきてから緊迫の連続だ。

ここで一旦落ち着かないとエリザもメイドたちも気が休まらない。

私は賢者の剣を握り直した。

「いいの？　喪失感があるんでしょ？」

「目の前の十人を倒す分にはたいした問題にならないはず」

「分かったわ」

エリザは納得して、この先は傍観《ぼうかん》すると気配が伝わってきた。

私は賢者の剣を握り直す。

押し返した後、体勢を整えていない天使っぽい奴らにこっちから飛び込んでいった。

動き自体やっぱりたいしたことはない。

飛び込んだ私は、快刀乱麻《かいとうらんま》の如《ごと》くそいつらを斬りまくった。

一人一斬。

ある物は左上、ある物は右下と。

それぞれがばらばらの翼を一枚ずつ斬り落とした。

三枚羽になった天使たちは動きが止まって、どさっ、と地面に倒れ込んだ。

「さすが、迷いがなくなれば一瞬で」

「うん、賢者の剣で対処法は聞いてたから」

「そうなの――アレク！」

ホッとしたのも束の間、エリザが叫んだ。

倒れた十人の天使もどきが一斉に立ち上がったからだ。

「大丈夫だよ」

やることをやって、成功を確信した私が言う。

天使もどきは動かなかった。

視線を私に向けて立ち上がりはしたが、その視線に敵意はない。

その視線の正体に、エリザは真っ先に気づいた。

「命令を待っている？」

皇帝エリザベート、帝国臣民数千万を侍《はべ》らす彼女はこの手の視線や感情にものすごく敏感だ。

だから、すぐに気づいた。

「どういうことなの？」

「『因果応報《いんがおうほう》』って言葉があるよね。あの四枚羽はそれぞれその四文字をかたどっているものらしい。そこで『因』を断って、新しいものを割り込ませた」

私が説明している間も、変化は起きていた。

私が斬り落とした羽の断面から新しい羽が生えてきた。

真っ白なものじゃない、かといって黒でもない。

限りなく光の色に近い白色の羽が生え替わってきた。

「新しい『因』……あなたが新しい主ね」

「そういうこと」

「はあ……まったく、いつもいつも予想の上をいくわねあなた」

エリザは呆《あき》れたため息をつきつつも、どこか嬉しそうだった。

04✦善人、神よりも神にふさわしい

A good man,Reborn SSS rank life!!

カーライル家の屋敷。

コントロールできるようになった天使もどきを引き連れて、ここに戻ってきた。

道中かなり人の目を引いた。

そりゃそうだ、四枚羽根を背中に生やしてて、できすぎてるけどその分彫像的な美しさの天使たちをぞろぞろ引き連れていれば、注目を集めない方が無理というもの。

ちなみに屋敷ではほとんど盛り上がらなかった。

「ほー、天使か」

「ってこたぁ、あの女神より格下だな」

「ボウズよ、天使じゃなくてもっと神を降ろさんと伝記の編纂《へんさん》がつまらんぞ」

父上と愉快な仲間たちは大して驚かなかった。

むしろ何か変なことを始めていることを知ってこっちが驚いたくらいだ。

とは言え彼らのそれはいつも通りなので、スルーしてやるべきことをやる。

天使もどきを庭に地蔵の如《ごと》く立たせて、私は書斎に入った。

そして影からエリザと、担当天使の二人を呼び出す。

「お疲れ様、窮屈《きゅうくつ》じゃなかった？」

「……」

「どうしたの？」

天使は顔を赤らめてぼうっとしていた。

私の影に住んでいるメイドたちとまったく同じ反応だ。

「い、いいえ……」

天使はハッとして、もじもじした。これもいつも通りだから深く追及しなかった。

「さて、戻ってきたし、話を聞かせて頂戴《ちょうだい》」

エリザが仕切りだした。

「……」

今度は違う意味で口を閉ざす天使。

口を貝のように閉ざして、うつむいてはチラチラと私を上目遣いで見る。

「言いにくいことなの？」

「……」

頷《うなず》くことも、首を振りもしなかった天使。

だが、事実上そうだと認めてるようなものだ。

「そっか、言いたくないことなら言わなくていいよ」

「いいのアレク、あなた死にかけたのよ」

「でも言いにくいことでしょ。だったら無理強《むりじ》いするのは良くないよ」

「そういう状況じゃないと思うのだけど」

「エリザの言いたいことは分かるよ、でも彼女をよく見て。エリザならこういう顔を知ってるでしょ」

メイドじゃない、お忍び皇帝のエリザ。

「……殺されるのね」

「！」

天使がビクッとした、怯《おび》えた表情になった。

「そういうこと」

「さすがエリザ、よく分かったね」

「分かってるくせに。国家機密を守るためにそういう脅《おど》しをすることもあるって」

「うん、そういうことだから無理強いして聞き出すのはよくないな」

「自分の命が懸《か》かってるのよ」

「なんとかする」

にっこりと、エリザに微笑《ほほえ》む。

エリザはまだ何か言いたげだったが、やがてため息とともに言おうとした言葉を呑《の》み込んだ。

「まったく、あなたって人は」

エリザは分かってくれた。

「………」

天使はようりうつむいた。

何かを考えているのかな――と思ったらパッと顔を上げて。

「あの！　実は――」

「いけない！」

私は手を突き出した。

片方は賢者の剣に触れ、魔力を増幅。

そうして天使に魔法をかけた。

瞬間、天使が氷漬けになった。

まるで氷の棺《ひつぎ》、そんな風に天使を凍らせた。

「ふう」

「これは……永久凍結？」

「うん」

私は眉《まゆ》をひそめた。

眉間《みけん》が強く寄って、皺《しわ》が名刺を挟めるくらい深くなった。

「彼女、死ぬ覚悟してた」

「そっちの顔は知らない。私が知ってるのは終わった後私の前に出てきた、清々しい顔の方」

「そっか。うん、それをさせたくない。死を覚悟するほどの真実なら、彼女の口からは聞きたくないな」

多分、聞いたら次のターゲットが彼女になってしまう。

「解決するまで氷漬けにしとくってことね」

「そういうことだね」

「それはアレクらしいからいいんだけど、せめて次の神罰（？）とやらがいつ来るのかだけでも聞いておきたかったわ」

「それなら大丈夫」

私はエリザにわかるように、わざとらしく賢者の剣に触れてみた。

「多分七日間隔だから」

「どうして？」

「創造神に関する数少ない知識を教えてもらったんだ。七日おきに雷を七回落として、合計四十九日の創世神話っていうのがあってね」

「なるほど、あれは八日に一回しか撃てないってことね」

「創造神の年齢を考えてたら水飲んで一息、くらいの長さかも知れないけどね」

若干《じゃっかん》おどけてみた。

エリザも笑顔になって、ちょっと気持ちに余裕が出てきたみたいだ。

「だから、七日の間に対策を考えておくよ」

「そうね、七日もあれば、アレクなら創造神くらい倒せるようになるわ」

「ううん」

私は首を振った。

エリザのとてつもない信頼、それに応えるのはやぶさかじゃないけど。

「防ぐだけでいいんだ」

「防ぐ？」

笑顔から一変、エリザはさっきの私みたいに、眉間にものすごく深い縦皺を刻んだ。

「倒さないの？」

「うん。なんで創造神がそこまでして僕をリセットさせたいのか分からないけど、僕は創造神を倒したいとは思ってないよ」

「なんで？」

「僕は今の世界が好きだから」

　エリザの眉間の皺がますます深くなった。

「皆の手助けをする。いいことをして、次の人生がいい人生になるように手助けできる。僕は今のこういう世界が好きなんだ。創造神を倒したらそれが崩れちゃうかも知れない。それはいやだな」

「……あなた」

「うん？」

「いいえ」

　エリザの眉間の皺が消えた。

　同時に上がっていた肩からフッ、と力が抜けた。

「あなたらしいわ、って思っただけ」

「そっか」

「一応聞くけど、次は防げそう？」

「うん。皆がまた僕のために命を投げ出そうとするのはいやだから、今度はもっとスマートに防げるようになるよ」

「そう、なら問題ないわ」

　どうやら、エリザは分かってくれたみたいだ。

　次の神罰が来るまで防げるようにしないとね。

「創造神がなんでリセットさせたいのか分からない、か。アレクはいい人過ぎるから分からないのよ」

呆《あき》れが入ってるし、愛《いと》しいものを見守るようでもあった。

彼女の表情は複雑だった。

☆

屋敷を出て、帝都に戻るため、廊下を歩き出す。

書斎を辞して、廊下《ろうか》で一人になったエリザ。

エリザはそのことがよく分かる。

同時に思った、創造神とはなんと俗物《ぞくぶつ》なんだろうか、と。

皇帝の悩みとほぼ変わらないのだ。

皇帝エリザベートは既に、アレクサンダー・カーライルに与えられる褒美《ほうび》がなくなった。

副帝に任じ、国父に任じ。

それでもアレクは国に益することを色々した。

もはや与えられる褒美は残ってないと言っていい。

普通に考えれば、その上にはもう「皇帝」しか残ってない。

それと同じなのだ、創造神の考えは。
そうなる前にアレクを消そうとした。
なんたる俗物か。
と、エリザは思いつつ。
「あなたの方がよっぽど神にふさわしいわ」
そう独りごちて、静かに屋敷から立ち去った。

05✦善人、神罰を天の恵みに変えてしまう

「うーん」

腕組みして、屋敷の廊下を歩く。

唸《うな》っているのは悩んでいるからだ。

七日間で、創造神の神罰を防ぐ方法を考えなきゃいけない。

だからまず賢者の剣に聞いた。

帰ってきた答えは大雑把《おおざっぱ》にいうと「そんなものはない、もしあるとしたら力で上回って強引に防ぐ」というもの。

プラウの結界という方法も提案されたが、あれで私を無敵にしたとしても誰かを犠牲《ぎせい》にするだけだから、真っ先に却下《きやっか》した。

そして力で上回るということだが、それはどうやら間に合いそうにもない。

今でもロータスの力で常時魔トレ状態だが、次の神罰までには間に合わない。

次の次……いやそのさらに次くらいか。

そこなら間に合うかもしれない。

「どうしたもんかな……」

「どうしたんですかアレク様」

「アンジェ」

いつの間にか目の前にアンジェがいた。

私と同じく十三歳。

この年頃の女の子はちょっと見ないうちに「化ける」ほど成長する。

アンジェも、少し見ないうちにさらに美しくなった。

「何か悩みごとですか」

「うん、ちょっとね」

「珍しいです、アレク様がそんなに悩むなんて。すごく大変なことですか？」

「そこそこにね」

無駄に心配かけさせないためなのと、無駄に盛り上げないようにするのと。

神罰があったこととその先もあるかも知れないということは、メイドたちに口止めしておいた。

アンジェやシャオメイなどは心配するだろうし、父上と愉快な仲間たちは当日にライブのアリーナ席を求めてツアーを組みそうだ。

そうさせないために、そのことは伏せてある。

「そうなんですか……」

「しばらく屋敷に籠《こ》もってるつもりだよ。そうだ、アンジェの練習を見てあげようか」

「そんな！　もったいないです。アレク様のお力はもっといろんな人に使ってください。私なんかに使うのはもったいないです」

「そんなことない、アンジェは僕の大事なお嫁さんだよ。アンジェのために何かをするのは、この世で一番『もったいない』から遠いことだよ」

「ありがとうございます……」

アンジェはその性格のまま控え目に、しかし嬉しそうに、上目遣いで私を見た。

その瞳は純粋に憧れであり、稚気《ちき》が多分に残っている。

令嬢メイドや他の女性たちとはまったく違う目だ。

「もうちょっと掛かるかな」

「え？　何がですか？」

「何でもない。それよりもアンジェ、魔法の練習を見てあげる。大丈夫、いつもこうしてるから無駄はないよ」

「さすがアレク様です。私は毎日魔力を無駄にしちゃってます」

「魔力が余ったからって次の日に持ち越しとかできないもんね。使い切るにしても都合良く必要な場面があるわけじゃ……ない、し？」

言いかけた途中で、何かがひらめいた。

言葉が途切れ途切れになって、頭の中でそれを拾う。

「アレク様？」

「アンジェ！」

「は、はい！」

「僕に回復魔法をかけて」

「え？　でも私の回復魔法じゃ――」

「お願い」

「分かりました」

真顔で言うと、アンジェはそれ以上拒《こば》まなかった。

両手をかざして、私に回復魔法をかける。

瞬間、ものすごいエネルギーが体の中に入ってきた。

アンジェの強力な回復魔法が体の中を満たす。

それを私は――。

「わわっ！　か、壁が溶けちゃいました」

驚くアンジェ。

私が真横に伸ばした手、そこから放出したものが壁を溶かした。

どろりと溶けたそれをアンジェは。

「毒の魔法、ですか？」

と言い当てた。

「うん、毒だね」

「初めて見ました、アレク様が毒の魔法をお使いになられるの」

「そうかもしれないね。でも、これで分かった」

「分かった？　アレク様が毒の魔法も使えるなんて当たり前のことだと思うんですが……」

「そうじゃないよ」

私はアンジェの手を取った。

真っ直ぐ見つめて、微笑《ほほえ》み掛ける。

「ありがとうアンジェ、キミのおかげだ」

「は、はい……」

アンジェはまるで狐につままれたようにポカーンとなった。

☆

数日後、私は屋敷の庭に立っていた。

天気は晴れ、雲一つない晴れ渡った空。

その空を見上げる私に。

「そろそろね」

「ほ、本当に大丈夫なんですか？」

エリザとアンジェがつきそっていた。

エリザは平然としているが、緊張を隠しきれない様子。

一方のアンジェはもっとはっきりと緊張して、アワアワしていた。

「大丈夫だよ、それよりもエリザ」

「なに？」

「なんでアンジェがいるの？」

「それはこっちの台詞《せりふ》」

「うん？」

「なんでアンジェに言わなかったの？」

「心配をかけてはいけないって思ってね」

「それは男の理屈。これくらいの大事だったら、ちゃんと話さないとだめ」

「……そっか。ごめんねアンジェ」

「とんでもないです！」

アンジェはアワアワと手を振った。

「私、アレク様がそんなに大変なことになってることも知らなくて、お屋敷にいるアレク様に色々わがまま言っちゃいました……」

「……」

私は苦笑いした。

アンジェが、わがまま？　思い当たる節がまったくない。

むしろもっとわがままを言ってくれ、と思うくらいアンジェはいい子すぎる。

「まっ、話したからといって何がどうなるわけでもないけどね」

「そうなの？」

「私とアンジェがここであなたがアレに打ち勝つのを見る。それだけよねアンジェ」

「はいお姉様！　アレク様を信じてます！」

「ほらね」

「そっか」

今度は普通の微笑みをかえした。

普通なら――十何年前かの私ならここで苦笑いの一つもしたんだろうけど、今はもうない。

むしろ、二人の期待に応えなきゃと意気込むまである。

「来たわね」

そう言って空を見上げるエリザ、つられるように見あげるアンジェ。

さっきまで雲一つなかった空が、瞬く間に雷雲轟《とどろ》く真っ黒な空になった。

「少し離れて」

「前と同じでいい？」

「見た感じ前回よりもやる気だから、もうちょっと離れた方がいい」

「わかった。アンジェ」

「はいお姉様！」

エリザはアンジェを連れて、私のそばから離れた。

それを見送ってから、私は賢者の剣を抜いて、空高く突き上げた。

ここにいる、そうアピールするかのように。

次の瞬間、空から雷が落ちてきた。

私が攻撃に使う、賢者の剣に「下ろす」ものよりも断然太く、凶悪な雷が。

体を圧が襲う、予想通り前回より強力なものだ。

質は一緒、量は前よりも多い。

完全に予想の範疇《はんちゅう》だった。

私はそれに抵抗することなく受け入れた。

受け入れ、力の波を摑《つか》む。

ムパパト式に慣れ親しんだ私はなんなく雷の波長をキャッチした。

キャッチしたそれを変換。

私の体に降り注いできた波を変えて、外に出す。

次の瞬間、私の周りに黄金色のボールが出現した。

魔力球、子供の頃よく作っていたそれと似たようなもの。

それを、次々と出した。

創造神の神罰を変換して、黄金色の魔力球にして外に放出。

一つ二つ三つ……際限なく魔力球が増えていく。

やがて、圧が弱まる。魔力球の生成も遅くなる。

完全に神罰が終わって、空が元通りの晴天に戻った。

「アレク様」

アンジェが私を呼んで、パタパタ走ってきた。

少し遅れてエリザも戻ってくる。

「お疲れ。考えたわね」

「今のを見てわかったんだ」

「ええ。防ぐのではなく、受け流す。そう言った類《たぐい》のものなんでしょう？」

「それだけじゃないよ」

「へえ？」

「アスタロト」

私が呼ぶと、どこからともなく豊穣《ほうじょう》の女神が現れた。

前もって言い含めてあったから、すぐに呼べたのだ。

「主様《あるじさま》」

「これ、どうかな」

「文句のつけようがございません。私のよりも遥《はる》かに強力で、上質な魔力でございます」

「そっか、じゃあ全部アスタロトに預ける」

「承知いたしました」

アスタロトはそう言って、黄金の魔力球を引き連れて、どこへともなく消えていった。

「どういうことなの？」

エリザが聞いてきた。

「アンジェからヒントをもらったんだ」

「私ですか⁉」

驚くアンジェに、私は頷《うなず》いて、説明を続ける。

「あの神罰の膨大《ぼうだい》なエネルギーをただ防ぐだけじゃもったいないってなってね。だったら変換して別の種類のエネルギーにしちゃおうって」

「あっ！　回復を毒に……」

「そういうこと」

アンジェに頷き、ついでに微笑《ほほえ》みかける。

「あの女神に預けたのは？」

「変換したのは、そうだね、一言で言えば肥料《ひりょう》みたいなもの。創造神の力のまま、大地に有益なエネルギーに変えたんだ、だからアスタロトに預けた」

「……ぷっ」

エリザは噴きだした。

「あは、あははははは。それは想像できなかったわ」

何かすごく面白いものを見たかのように、エリザは腹を抱えて笑い出した。

「自分のことだけじゃなくて、大地の力に変えてしまうなんてね」

「上手《うま》くいって良かったよ」

「やっぱりあなたの方が合ってるわ」

「なんの話？」

「なんでもない、そのうち分かるかもだから」

「はあ」

なんだかよく分からないけど、エリザが楽しそうだし、よしとしよう。
何よりコツを掴んだ。
創造神がこれから神罰を撃ってきても、それをなんにでも変えられる。
その自信がついた。

06✦善人、予測通り成長する

あっという間に八日が過ぎて、私は再び庭に出て、スタンバイしていた。

今日も天気が良くて、そしてアンジェとエリザが少し離れたところで状況を見守っている。

さらには前回は後で呼び出したアスタロトも、今回は先に出てきて、アンジェとエリザの横に立っていた。

空模様が一気に神罰の前兆の、神々《こうごう》しさと禍々《まがまが》しさが同居するものに変わった。

そして——神罰が下りる。

「はあああああ！」

賢者の剣を突き上げ、神罰を受けて、体の中で変換——。

「うっ！」

「アレク様!?」

「だい、だいじょうぶ……」

喉《のど》の奥からこみ上げてくる血の味がするものを強引に飲み下した。

体の奥がズタズタになりそうな感覚だ。

神罰、威力は前回と同じだったが、質――いや波長が違った。

前回の成功体験のまま波長を合わせようとしたらまったく違うもので、そのせいで体に取り込んだ創造神の力がダメージになった。

しかし。

「これ、しきのことで！」

歯を食いしばって、波長を掴み直す。

ムパパト式で限界越えに慣れている私は、すぐに今回の神罰の波長を掴んで、合わせることができた。

一旦合わせると、後は前回と同じだった。

神罰の力を一旦私の体を通して、変換して大地の恵みになって放出。

前回と同じ、輝く魔力球が私の周りを埋め尽くした。

「ふう……」

神罰がおわって、空模様も戻った。

「アスタロト」

「拝受します」

「うん、全部任せるよ」

女神ながら忠実な僕《しもべ》のようであり、職人のようにも振る舞うアスタロト。

彼女は私が作った魔力球を受け取って、どこともなく去っていった。

入れ代わりに、アンジェとエリザがやってくる。

「アレク様！　お口の周りに」

「うん？」

「待ってください！」

アンジェは慌ててハンカチを取り出し、私の口の周りを拭く。

ハンカチ――いやアンジェからいいにおいがして、ちょっとどきっとした。

「もう大丈夫です」

「ああ、口元に血がついてたのか」

ハンカチを見せられて、頷く私。

全部飲み干したと思ったが少しだけ漏《も》れてたみたいだ。

それをアンジェがかいがいしく拭いてくれた。

黙って見ていたエリザが、ここで話しかけてくる。

「今回も上手《うま》くいったね」

「うん」

「悪あがきレベルのイタズラがあったみたいだけど？」

「大地をたたき割るレベルなのを悪あがきって言ってしまうのはどうかと思う」

イタズラは……なんとなくエリザが言うとおりだと思った。

「でも、これで完璧《かんぺき》に摑んだ。パターンを変えてくることも頭に入った。次はもっと大丈夫になると思う」

「向こうは歯ぎしりしてるでしょうね」

「防がれたからね」

「それもあるけど、元々の話を思い出しなさいな」

「うん？」

首をかしげて聞き返すと、エリザが呆《あき》れ顔で答えた。

「あなたを殺そうと放ったのを、そっくりそのままあなたの善行になったんだからね。元々あなたが善行を積み過ぎたから止めようとしてるのにこれじゃ歯ぎしりが止まらないだろうね」

なるほど。

そこまでは考えてなかったけど、エリザの言うとおりかもしれない。

「それでも僕はやりたいことをやるだけだよ」

☆

さらに八日後。

今度も庭で待機してて、アンジェ、エリザ、アスタロトが少し離れたところで見ていた。

そしてさらに。

「いよいよだな」

「おう！　義弟《おとうと》の晴れ姿はまだかな」

「わしは上でふんぞりかえってるクズの悔しがる顔が見たいのう」

ちょっと離れたところで、父上と愉快な仲間たちが酒盛りしていた。

さすがに三回目ともなると、聞きつけてやってくるのはしょうがないことか。

まあ、何か不都合があるわけでもないし、父上たちのそれはいつものことなので、放っておくことにした。

私は待った、三回目――いや四回目か。

神罰が来るのをまった。

……。

…………。

……………。

いくら待っても来なかった。

晴れ渡った青空が徐々に茜《あかね》色に染まっていくも、兆候らしいものすらまったく見えない。

「どうしたんだろう」

「やっぱり俗物《ぞくぶつ》だったわね」

私のつぶやきに反応して、エリザが近づいてきた。

「どういうこと？」

「こういう時の俗物の思考をシミュレートしてみた」

「うん」

「『もう撃ってやらん、蜜の味を知ってそれを期待する民衆に恨まれるがいい』」

「……そういうものなの？」

「そういうものなのよ。俗物っていうのは。私——の周りにそういうのが大勢いるわ」

そう話すエリザ。

創造神を俗物俗物と連呼するのはどうなのかとも思ったけど、なにやら実感がこもってるみたいで、そうに違いないという説得力があった。

「ま、そういうことだから何か状況が変わらない限りはもうないでしょうね。好意的に考えても、これ以上あなたの善行を積み上げる訳にはいかないし」

「なるほど、それはそうだ」

「えー、アレクの晴れ姿が見られないってこと？」

「なんだと！　おいクソ創造神！　とっとと撃ってこいこの野郎」

「くくく、やはりクズだったのう」

酒盛りしてだいぶ経つ、すっかりできあがった父上と愉快な仲間たちは野次馬と化していた。

「そういうことならしょうがないね」

私はおもむろに賢者の剣を抜いて、地面に突き立てた。

目を閉じ、意識を集中。

ムパパト式で魔力を高めにキャッチ、ヒヒイロカネの剣で増幅。

そして、放出。

輝く魔力球が、私から次々と生まれて、放出された。

「ふう……ひぃふうみぃ……うん、数はほとんど一緒だね」

終わった後目を開けて数えると、前回神罰を変換してできたのとほぼ同じ数で、一安心した。

「どういうこと？」

「同じのを作ったの。元々力は借り物、やってることは僕ができることだから」

「あっ、そっか」

「それに――」

私は空を見上げた。

次の次くらいで、そろそろ普通に防げるようになる。

力が拮抗《きっこう》するくらいまで上がってくると思っていたのだが、予想通り成長できたことに、ちよっとホッとした。

07✦善人、自分を犠牲にして天使を助ける

「アンジェ、ちょっと取ってきてほしいものがあるんだけど」

「はい？」

私はアンジェに耳打ちした。

アンジェは頷《うなず》き。

「お任せ下さい」

と、屋敷の中に駆けていった。

アンジェが動く一方で、父上と愉快な仲間たちは完全に宴会モードに入ってる。

そこはもうほっとこう。

さて、創造神と拮抗するくらいの力を身につけたことだし、アンジェが戻ってきたら――。

「反撃しよう」

いきなりエリザがそんなことを言ってきた。

彼女を見ると、目がかなり真剣だった。

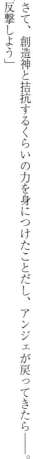

「え？　なんで？」

「なんでって……」

今度は呆れかえった顔になった。

「狙われてたのよ、あんなヤバイのに」

「そうだね」

「今まではどうにかなったけど、これからどうなるか分からないじゃない。あなたが——あなたの周りの人間がいつとばっちりを食うか分からないし」

「それなら大丈夫だよ」

「え？」

勢いのまま私にまくし立てていたエリザが、きょとん、となってしまう。

「大丈夫って、どういう意味？」

「今回のでよく分かった、狙われるのは僕だけなんだって」

「……根拠は？」

エリザはやっぱりエリザだった。

聡くて、理性的で。

こういう時にありがちな「なんでよ！」と感情的になることは彼女にはない。

だから私も、落ち着いて説明ができた。

「まず、アスタロト、アザゼル、マルコシアス。神も天使も、この世界のルール――いい人だったかどうかのルールにはまってるのは分かるよね」

「うん、みんな何かをして堕天《だてん》して、それをアレクがなんとかしたのよね」

「でね、今回の神罰が今までの中で一番弱い――じゃないね、鋭かった」

「鋭い？」

「うん、今までもそうだったけど、今回はよりピンポイントに僕を狙ってた。どういうことか分かる？」

　エリザは少し考えて、ちらっと父上と愉快な仲間たちを見て。

「巻き込みたくなかった」

「そういうこと。創造神といえど、世界の理《ことわり》の中にいると思う」

「それは間違いないわね」

「やけに確信してるんだね」

「ええ。……俗物《ぞくぶつ》だからよ」

　何かつぶやいたエリザだが、聡《さと》い彼女がはっきりと言わない台詞《せりふ》だから、あえて聞く必要もないと思ってスルーした。

「ってことは、僕一人を殺してもそんなに善行――徳は落ちないけど、無関係な一般人まで巻き込んだらだだ下がりだと思う」

「なるほど。でもそれだと、アレクがずっと狙われるのは変わらないじゃない」

「うん、それならなんの問題もないよね」

「…………そうだったわね」

やけに長い沈黙を経て。

途中でなぜかちょっと呆《あき》れたりもして。

エリザは頷いて、納得顔をした。

「確かになにも問題はなかった、対処できるものにあなただけが狙われる分には」

「でしょ」

これで説明は終わり、エリザも納得してくれた。

というタイミングで、アンジェが戻ってきた。

「お待たせしましたアレク様」

「それは……袋?」

戻ってきたアンジェが持ってるものを見て、エリザがまた首をかしげた。

「うん、食糧袋。普段は持ち歩いてるんだけど、さすがに神罰だし、専念するために賢者の剣以外の持ち物は全部置いてきたから」

「どうしてそれをわざわざ持ってこさせたの?」

「ちょっと待っててね」

私は影の中から天使を出した。

永久凍結で時間ごと止まらせた天使。

氷の中で、彼女は未だに思い詰めたままの顔をしている。

それを解凍した。

「――私」

「しっ……」

戻った瞬間、覚悟を決めて話そうとしたことの続きをはじめようとした天使。

私は唇に人差し指を当てる古典的なジェスチャーで、彼女を黙らせた。

「え？　あれ？　ええ？」

私のジェスチャーに勢いを削《そ》がれた天使、次は周りの景色が違うことに気づき、驚き戸惑った。

「どういう……ことですか」

「それよりもいいことを思いついたんだ」

「いいこと？」

「うん、これって分かる？」

「それは……あなたが集めてる食糧」

「そう。領内の余剰分《よじようぶん》を買い取って溜めてる食糧。アレクサンダー同盟の領民全員を何年分かはまかなえるくらいのすごい量になってる」

「それがどうしたんですか？」

「でね」

手をかざす、魔法を使う。

大地から土を起こし、空気中から水を生成。

その二つを混ぜて。

「泥水？」

「うん、それだけじゃなくて、ちょっと物質変化をして、病気の源をいっぱいこの中に込めた」

「はあ……」

「それを……こう」

「「「あぁっ！」」」

天使、エリザ、アンジェ。

三人とも、私の行動に驚いた。

私はその泥水を食糧袋の中に入れたのだ。

「ど、どうして」

「もったいないよね。今僕は、数十万人分の食糧を台なしにしたんだ」

「え？」

「……悪いことをしちゃったね。酒池肉林《しゅちにくりん》どころの騒ぎじゃないわ」

エリザが言った、天使とアンジェがハッとした。

エリザがさらに言う。

「皇帝がいくら贅《ぜい》を尽くしてもこんな無駄は中々できないわ」

「そういうこと」

私はにこりと、天使に微笑《ほほえ》んだ。

「これからも定期的にやるから。キミの任務も果たされたね」

「――ありがとうございます！」

天使は、やってきてから初めて笑顔になる。

ものすごくホッとして、ものすごく嬉しそうな顔をした。

☆

天使がアレクにお礼を言い続けているのを、エリザは一歩引いたところから見守っていた。

アレクの顔、そして天使の顔。

人間と人間の欲をより多く目にしてきたエリザは正しくそれぞれの顔に浮かぶものの意味を

理解した。

（まったく、また罪なことを一つしたね。まっ、それは今更だけど）

天使の顔、自覚しない好意をエリザは微笑ましく見守ることに決めた。

そして、アレクの顔。

穏やかに、満足げに微笑むアレクの顔を見た後、エリザは空を見上げた。

（SSSランクまで積み上げたのは結果でしかないのよ俗物《ぞくぶつ》。アレクは善人、感謝されて嬉しい、それだけのこと）

エリザの口角が微《かす》かに歪んだ、見あげているのに、瞳はとてつもなく冷たくて、相手を見下ろしていた。

（しがみついてるといいわ、長ければ長い分、創造神《あんた》とアレクの器《うつわ》の差が露呈するだけのことよ）

08✦善人、うっかり人助けをする

A good man,Reborn SSS rank life!!

「うーん、むむむむむむ……」

屋敷の中。

執務が多くなってきた書斎でもなく、くつろぎの庭でもない。

普段はあまり使わない、リビングで私は唸《うな》っていた。

「どうしたんですかアレク様」

「アンジェか」

部屋に入ってきたアンジェは不思議半分、心配半分な顔をしていた。

「実はね、どうやって悪いことをしようかって悩んでてね」

「悪いことですか？」

「うん、あの天使のこと。彼女を困らせない為にも、どうやら僕は定期的に悪いことをした方がいいらしいんだ」

「分かりました、お姉様に連絡します！」

無邪気な笑顔でリビングから飛び出そうとするアンジェ。

私は彼女を呼び止めた。

「ちょっと待ってアンジェ、どうしてエリザに？」

「えっと、お姉様から言われてたんです。アレク様は近いうちに『悪いことが思いつかないよ――』って悩むから、そうなった時に連絡しなさいって」

「まるで名軍師みたいな読みだね」

「あっ、ごめんなさい。伝言があるの忘れてました。ありがとうございますアレク様、呼び止めてくださって」

「伝言？」

「はい！『神基準で悪いことなのだけど、誰も困らないから安心していいよ』です」

「ますます名軍師だね」

先回りしてたエリザのことをすごいなと思った。

☆

翌日、屋敷に一台の馬車がやってきた。

庭に止まった馬車の前に出ると、その馬車から一人の若い男が飛び降りてきた。

「あれ？　どうしたのエリザ、そんな格好して」

男はエリザ――の男装だった。

「ちょっと、一目で見破らないでよ」

「いやすごいよ、格好から表情、それに仕草、あっ、空気もだ。全部が男の人だよ」

「さらっと見抜いた後にそんなことを言われても微妙だわね」

「しょうがないよ、長い付き合いなんだから。エリザがどんな格好してても僕には分かるもん」

「えっ……」

エリザは驚き、何故か頬《ほお》が赤く染まった。

「どうしたのエリザ、顔、赤いよ？」

「うるさいわね、誰のせいだと思ってるのよ」

「……僕？」

何かしたんだろうか。

「はあ、もういいわ。それよりも馬車に乗って」

「大丈夫なの？」

「ふっ、誰に物を言ってるの？　宮殿は悪徳の巣窟《そうくつ》よ」

エリザは腰に手を当てて大いばりした。

ものすごい説得力だ。

私は言われた通り馬車に乗り込んだ。

エリザも馬車に乗ってきて、慣れた手綱捌《たづなさば》きで馬車を走らせた。

「どこに行くの？」

「娼館《しょうかん》」

「娼館？」

「そ、色欲は神的には罪。子供を生まない色欲はね」

「なるほど」

確かにそうだ。

というか……それを思いつかなかった私もどうなんだ？

神が定める大罪はいくつもあって、その中でだれも不幸にしないのが娼館だ。

「そりゃね。普段から思ってもないことは思いつけないものよ」

「心を読まないでよ名軍師様」

苦笑いしつつエリザに抗議した。

「そうだ、今のうちに注意点を二つ」

「なんだい？」

「あたしはエール、あんたはアレスね」

「偽名だね、分かった」

貴族が娼館通いをすることなんて珍しくない、私が通ったのが噂《うわさ》になったとしてもなんの問題もない。

むしろ、一定数の貴族はそれで親しみを感じて、関係が良好になったりすることさえある。

が、エリザはそうはいかない。

皇帝もお忍びで娼館に通うことはよくあるが、エリザは女性だ。

さすがにそれはいいことだとはとても言えない。

「それと、身請けはダメよ」

「……ありがとうエリザ」

私は苦笑しながらお礼を言った。

彼女がこれを言ってくれてなければ、なんかの弾みで娼婦を身請けしちゃう可能性がある。

身の上話とか聞いた後に。

今日は悪いことをしに行くのだ。

私は、自分にそう言い聞かせた。

☆

一時間ほどして、馬車が止まった。

「着いたよ」

エリザが先に飛び降りて、私も馬車から降りた。

「へえ」

街の中ではなかった。

そこは湖のそば。

後ろに山があって、鏡のように綺麗《きれい》な湖。

その湖の畔《ほとり》に別荘のような屋敷があった。

規模はカーライル家の屋敷に勝るとも劣らないもの。

「ここがそうなの？　普通の娼館とはだいぶイメージが違うけど」

「いろんなお大尽《だいじん》が秘密に遊ぶ場所なんだよ」

エリザ――いやエールは男言葉になった。

何かをやったのか、声もちゃんと男の声になってる。

メイドをやってる時も思ったけど、すごいよなエリザ。

そんなエリザに案内されるように中に入る。

下手《へた》に口を開かず、エリザに任せた。

すると、設定が大体分かってきた。

遊び上手の従兄《いとこ》が、まだ女を知らない従弟《いとこ》のために一肌脱いだ。

事実にかなり近い設定だ、その設定に乗っかることにした。

屋敷の一階、パーティーホールのようなところに案内されて、エリザとともに上質な椅子《いす》に座らされた。

そして私たちの前にたくさんの美女が現れた。

様々なタイプの、様々な美女。

彼女たちは次々に部屋に入ってきて、私たちの前に並んだ。

魔法学校の卒業式とかでやる、記念集合写真を撮るような感じで並んだ。

数えると、全部で三十人。

彼女たちは全員が笑顔で俺とエリザを見ていた。

「エリー——エール兄さん、どうすればいいの？」

「好きな子を選べばいいのよ。まあこういう時、奥さんと正反対のタイプを選ぶ人が多いけどね」

「なるほど。ちなみに一番いい方法は？」

エリザは聡い、私の言わんとすることがパッと分かる。

私はここに悪事を働きにきた。

私よりも神基準の悪事を理解しているエリザに、そうする為のアドバイスを求めた。

「全員だね」

「全員」

「うん、全員を選んで淫《みだ》らで退廃的な一時を過ごすのさ」

「なるほど、字面《じづら》からしてもうそれしかないって感じだね」

「そういうこと」

でもそうか、全員か……。

それはどうするんだ?

いや一対一ならわかる。

これでも前世はもうおっさんと呼ばれるくらい生きてて、人並みの知識はある。

でも普通のおっさんだったから、三十人全員というのは何をどうすればいいのか想像もつかない。

さてどうするか。

「ひゃっ!」

隣から小さな悲鳴が聞こえた。

見ると、十二、三歳くらいの小間使いの少女がお茶の入った器《うつわ》を落としていた。

茶器が空中で落下してる。

かなり高価な茶器だ、このままだと彼女が叱《しか》られる。

助け――。

と思った瞬間手が止まった。

茶器は床に落ちて、粉々に割れた。

「ご、ごめんなさい！」

ちょっと胸がズキッと痛んだ。

その痛みをごまかすために話しかけた。

「キミのような子もいるんだね」

「えっ」

女の子は何故か嬉しそうな顔をした。

一方、茶器が割れたのを知って、エリザと私をホールまで案内してきた男が駆け寄ろうとした。

間違いなく女の子を叱責《しっせき》する為だが、私は手をかざして止めた。

今は、女の子の嬉しそうな顔の理由が知りたかった。

「どうして……今嬉しそうな顔をしたの？」

「あっ、ごめんなさい」

「謝らなくていいよ。どうしてだい？」

「その……あの……」

「うん」

無理に促さず、頷《うなず》き、穏やかさを意識した微笑《ほほえ》みを浮かべて、彼女の返事を待った。

「私を気に入ってくれたのかな、って」

「気に入られるといいことがあるの？」

「お金を、多くいただけるから」

「なるほど」

小間使いよりも客のお手つきの方が割がいい、か。

「お金を稼《かせ》いで、学校に行きたいんです」

「学校？」

「はい、字を覚えたいんです」

「字を。字だけ？」

「はい」

「へえ。どうして？」

「分からないです。でもお触れとか、いろんなところで字を見るとドキドキしたりわくわくしたりするんです。なんか文字に色々すごいのがあって、そのすごいのを知りたいんです」

かなりふわっとした説明だが、気持ちはわかった。

私は腰を屈めて、割れた茶器の破片を一つ取った。

それに物質変換の魔法をかける。

光が手のひらから溢《あふ》れた。

それが収まった後、私の手のひらにあるのは茶器の破片ではなく、リンゴだった。

リーチェの黄金林檎《おうごんりんご》を参考にした、賢者の石をかなりスペックダウンさせたもの。

それをはっきりと形にしたのがこのリンゴだ。

「これ、食べて」

「えっ？」

「食べてみて」

驚く少女、彼女はおずおずとリンゴを受け取って、一口かじった。

その間私は床にこぼれたお茶をつかって、そのまま床に字を書いた。

「どうかな？」

「読めます！　字が読めるようになってます」

「うん」

「こ、これは？」

「知識の実とでもいうのかな、そのリンゴにはあらゆる文字の知識が入ってる。どんな文字でも読めるようになってるはずだよ」

うん、これでいい。

何か思うところがあるくらい「文字」に思い入れのある子だ、ちゃんと分かるようにしてあげた方が幸せだろう。

そう思ってリンゴを食べさせた私だが。

「はい、しゅーりょー」

「え?」

エリザの方に振り向く、彼女は呆《あき》れた目をしていた。

「ダメって言っても息をするように人助けしてるし」

「あっ……」

ハッとして、少女を見る。

「ありがとうございます!」

彼女は、ものすごく私に感謝していた。

09 ✦ 善人、奇病を治す

A good man,Reborn SSS rank life!!

湖畔《こはん》の娼館《しょうかん》、俺とエリザだけが残ったホールで二人っきりになった。

エリザの指摘。

『息をするように人助けをしてる』って言われて、それで困り果てて、とてもじゃないがそういう気分じゃなくなった。

だから娼館の人間には全員退出してもらって、二人っきりにしてもらった。

「参ったなあ」

「そんなに悩む必要はないと思うわよ」

二人っきりになったことで、エリザは男装状態ながらも、いつもの女口調で喋った。

「そうかな」

「今まで通り人助けをして、たまに食糧を台無しにしてればいいのよ。例の余剰分買い取りのね」

「それでいいのかな」

「最後の審査の時、悪事の減点幅の方が大きい気がする」

「そういうものなの？」

「私の見立てだと、だけどね」

私見だと強調しつつも、エリザはどこか確信を持っているようだ。

「つまり、同じ対象にすることでも、加点より減点の方が大きいから、食糧の収穫を増やしつつ台無しにしても、結果的にはマイナスってことだね」

「そういうこと」

頷くエリザ、やっぱり確信してるっぽい顔。

「たとえ予想と違って、善行積み過ぎてやっぱりダメになった時はまた、一緒に考えてあげるから」

「そうだね。ありがとうエリザ、キミがいてくれて良かった」

「……どういたしまして」

どうしてか返事まで一拍あけたエリザ。

そんなエリザと一緒に娼館を出ることにした。

こうなった以上いる必要はないのだ。

店を出て、馬車に乗り込もうとした時、視界の隅っこに少女を見つけた。

知識の林檎を食べさせたあの少女だ。

彼女は風呂敷を背負って、立ち去ろうとしている。

「ちょっと待って――キミ」

私は馬車を待たせて、少女に歩み寄った。

「あっ。ありがとうございますアレス様」

私の偽名を呼んで、頭を下げる少女。

「どこに行くの？」

「クビになったので、家に帰ります」

「クビ？　店の人に何か言ってあげようか」

「大丈夫です、アレス様によくしてもらったから、弁償しないでいいってことになりました」

「そっか」

「それに、今は色々読みたいです。文字が読めるようになったので、いろんな本とか……とにかくいろんな文字を読みたいです」

目をキラキラさせる少女。

知識を持つとろくなことをしない、そんなことを言う人間もいるけど、少なくともこの子は知識を持たせていい子だったみたいだ。

そんな少女のことが好ましくなって。

「じゃあ家まで送ろう」

「えっ？　でも」

「ついでにもう少し話を聞きたいしね」

「はい、わかりました」

少女を馬車のところに連れ帰って、待っていたエリザに。

「ちょっと寄り道するよ」

「そうなると思ってたさ」

エリザは笑って、男言葉で答えた。

少女を一緒に馬車に乗せて、湖畔の娼館を発《た》つ。

「そういえばキミの名前もまだ聞いてなかったね」

「あっ、そうでした」

「せっかくだから、キミの名前を書いてみて」

「……はいっ！」

少女は嬉しそうに頷いた。

紙とペンを彼女に渡して、名前を書いてもらう。

ちなみにこの手の、それなりの身分の人間が乗る馬車には必ず紙とペンが用意されている。

どこかに連絡をとったり、何かしらの指示を出したりするのはよくあることだからだ。

私が常に懐《ふところ》にサインと家紋入りの羊皮紙《ようひし》を持っているのと同じことだ。

その紙とペンを受け取った少女は、膝の上で器用に文字を書いていく。

「できました！」

「マリ・キュリー。いい名前だね」

「ありがとうございます！　アレス様のおかげで自分の名前が書けました！」

ものすごく喜んでくれた。

「ほう、綺麗《きれい》な字を書けるんだな」

紙をのぞき込んだエリザ、男言葉で感心した。

「そうなんですか？」

「正しすぎるがな。これなどは正しいが、日常ではまず使われない書き方だ」

「そっか、略字の方を使うもんね」

「略字ってこうですか」

マリはエリザが指摘した字の下に別の字を書いた。

並んでいると一目で分かる、書記のために簡略化した文字だ。

「うん、それだね」

「そうなんですか……」

「あくまで文字そのものの知識で、実際どう使われてるのかは分からないってことか」

エリザがそう言って、私が頷く。

「そうした方がいいと思ったからね」

「全てを知ってしまうと人生つまらんものな。絶妙なさじ加減、実にお前らしい」

なんかエリザに褒《ほ》められた。

私はただ手を差し伸べただけだ。

そうこうしているうちに目的地に着いたようだ。

馬車が止まり、外を見たマリが先に飛び降りた。

私とエリザが続けて降りたそこは、郊外にあるボロボロのあばら屋だった。

「お姉ちゃん、ただいま！」

「お帰り、マリ」

マリの声を聞きつけて出てきた大人の女。

彼女は私たちを見てぎょっとして、血相を変えて家の中に逃げ込んだ。

「あっ……ご、ごめんなさいお姉ちゃん。ごめんなさいアレス様！」

マリは慌てて、姉と私、両方に謝った。

「うん？　どうしてあやまるの？　しかも両方に」

「わからないのか？」

答えたのはエリザ。

男装中の彼女に「どういうこと？」と顔を向ける。

「彼女の姉の顔。あれは――」

「うん、知ってるよ。呪いがかかって、顔が溶け落ちる病気に見えるものだよね」

「気がついてたの」

「それはだって、見れば分かることでしょ」

見た目のインパクトはかなりすごいものだ。

マリの姉が姿を見せたのは一瞬だけだが、その一瞬だけではっきりと分かるほどのインパクトはある。

「人はそれを嫌悪する。嫌悪された彼女は多分息を潜めるようにしてここで暮らしている。それを忘れて妹が何も知らない人間を連れてきた」

エリザが一気に説明してくれた。

なるほどそういうことか。

「そっちよりも、魂の方に目がいった」

「魂?」

「結構高ランクだった、来世は多分かなりすごい」

「いいことをしてるのか?」

エリザがマリの方を向いて、彼女に聞く。

マリは文字を覚えた喜びもどこへやら、消沈した感じで答えた。

「お姉ちゃん、せめて来世はちゃんと生まれるようにって、いいことをし続けてるの。でも、そんなことを思いながらいいことをする自分は偽善者だ、っていつも自分を責めてる……」

「そっか……」

それはつらいかもしれない。

「マリ！」

怒気を孕《はら》んだ声が聞こえた。

マリの姉が再び姿を見せた。

本来は顔を見られたくない。なのに姿を見せた。

その顔と声にはやけっぱちの感情が読み取れた。

「そんなこと、いちいち他人に話さないで！」

「ご、ごめんなさいお姉ちゃん！」

「どこのどなたかは分かりませんが――」

怒りのまま私の方を向く彼女。

そんな彼女に手を伸ばす。

「な、なにを――」

「それなら治すだけのことさ」

エリザが代わりに答えてくれた。

さすがに付き合いが長いだけあって、私がやりたいことを一瞬で理解してくれた。

魔法でマリの姉の呪いを解く。

賢者の剣から知識を求めると、「不治の病《やまい》とされているが――」と枕詞《まくらことば》がついていた。

そう言われているが、賢者の剣の知識と私の魔力で、その場で治した。

「あっ……」

「ひぃっ」

「……美しい」

「えっ？」

私の反応に怯《おび》えた彼女だが、直後の言葉に戸惑った。

びっくりして、目を見開いている。

その表情もまた美しかった。

「そりゃ美しいさ」

エリザが口角を器用に片方だけ持ち上げた。

「本当は美しいのに、呪いで台無し。いい罰でしょ？」

そう言って、ちらっと空を見上げたエリザの瞳の中に、何故かものすごい侮蔑《ぶべつ》の色があった。

そんな彼女とはよそに、マリが慌てて家の中に駆け込んで、水を張った桶《おけ》を持ってきた。

水面に姉の綺麗《きれい》になった顔が映し出された。

きっと病気だと思っていたため鏡はなくて、マリがとっさに鏡になるそれを用意したのだろう。

それで自分の顔を見て驚いて、今度は俺を見た。

「あなたが……？」

「うん、それが本来の君の顔だ」

「…………」

唖然《あぜん》。

そして、その表情のまま、滝のような涙がこぼれる。

彼女は呆然《ぼうぜん》としたまま泣き続けた後。

「あ、ありがとう」

と一言絞《しぼ》り出したっきり、また感極まって、今度はわんわんと声を上げて泣きじゃくったのだった。

10 ✦ 善人、アフターケアも完璧

あばら屋の中、俺とエリザ、そしてマリとその姉であるリリー。

四人が入ると、途端に狭く感じられる。

リリーは未だに啜《すす》り泣いている。

「泣き止まないな」

「今までがよっぽどつらかったんだよ」

「そうか」

私が言うと、エリザはすんなりと納得した。

しばらくの間、啜り泣くリリーと寄り添うマリを見守った。

やがて。

「すみません……」

「気にしないで。それよりももう落ち着いた？」

「はい。本当にありがとうございます……」

「うん。落ち着いて早速で悪いんだけど、説明しなきゃいけないことがあるんだ」

「説明？」

「うん、実はね――」

説明を始めようとした途端、外からこぶし大の石が投げ込まれてきた。

充分に殺傷力のあるそれはあばら屋の壁を突き破って、私とエリザの間を通って私たちの向こう側に転がっていった。

「何事っ！」

「大丈夫です」

片膝を立てて身構えるエリザに対して、リリーは落ち着いていた。

「少し待っててください」

リリーは慣れた様子で、あばら屋の外に出た。

どういうことなんだろうか――と私が不思議に思うのと同じように、エリザも事態が気になって立ち上がって、リリーの後を追った。

私もその後を追いかけて外に出ると、リリーと、若いチンピラ風の男が向き合っているのが見えた。

チンピラの男は、何故かポカーンとした顔でリリーを見つめている。

「どうしたのリリー」

「いえ……彼がこうなるのは初めてで、私にも何がなんだか……」

どうやら顔見知りではあるが、リリーにも分からない反応だったようだ。

しばらく待っていると。

「綺麗だ」

「え？」

「あんたみたいな綺麗な人はここにいてはだめだ。知ってるか？　ここには化け物が住んでるんだぜ」

化け物……？

「治る前のことでしょ」

隣でエリザが私の疑問を読み取って、推測してくれた。

そしてその推測が当たっているらしく、マリが小声で説明してくれた。

「あの人、いつもうちにイタズラしてくるんです。お姉ちゃんのことを化け物だっていって、石を投げたり家に落書きしたり」

「そんなことをしてたのか」

「だとしたら滑稽《こっけい》だな」

男言葉のエリザがそういいながら鼻で笑い飛ばした。

化け物と呼んでさげすんでいた相手が目の前にいると気づかずに……なるほど。

「俺が守ってやるから、一緒に来いよ」

「それなら大丈夫」

リリーはそう言って、全くの無表情になって。

「化け物はもういないから」

と、声色を変えた。

「そ、その声は⁉」

驚くチンピラの男。今の声色で気づいたか。

「私を連れていってくれる？　いいわよ。ただし夜中何かが垂れてきても責任は持てないわよ」

「ひいっ！　ば、化け物め！」

男は悲鳴と捨て台詞《ぜりふ》を残して、脱兎《だっと》の如《ごと》く逃げ出した。

その姿を見てエリザは思いっきりさげすんだ目をして。

私も自分でわかるくらい眉《まゆ》をひそめたのだった。

☆

リリーがものすごく慣れた手つきで石にぶち抜かれた壁を補修したあと、再び私たちに向き合う。

男の一件で、壁を修理したという日常を挟んだことにより、リリーは見るからに落ち着いて、平静を取り戻していた。

「すみません、変なのを見せてしまって」

「気にしないで、君のせいじゃない」

「ありがとうございます……あの！」

リリーが決意の目をして、私を見つめて切り出した。

「恩返しをさせてください‼」

と、ものすごい勢いで言ってきた。

「恩返し？」

「はい！」

「気にしなくていいよ、当たり前のことをしただけなんだから」

「それでもさせてください！　なんでもします！」

「本当に――」

「本当になんでもするのか？」

――気にしなくていい、と言いかけたのを、横からエリザが割って入ってきた。

「はい！」

「じゃあ死んで。というか殺されて」

「エール⁉」

「彼は今それが必要なの」

「――っ！」

驚く私、エリザの意図を理解した。

今日、あの娼館《しょうかん》に行ったのは（神基準で）悪事を働くこと。

娼館ではできなくて、その帰り道が今だ。

そのことは、私にとってすっかり忘却《ぼうきゃく》の彼方《かなた》に消え去っていたが、エリザは覚えていた。

「どう？　死んでくれるか？」

「はい」

「リリー⁉」

さっき以上に驚愕《きょうがく》した。

エリザの「死ね」にも驚いたが、それは「要求」という言った者勝ちだから驚きには限度がある。

その「死ね」を躊躇《ちゅうちょ》なく受け入れたリリーの反応に、さっきの倍――いや十倍くらいびっくりした。

「どうして」

「私は今日まで地獄にいました」

「……」

「地獄でした」

同じ言葉を二回言った。

よほどだったんだな。

「それを助けてくれたあなたは、私にとっての神です。神がこの命が欲しいというのなら、私は喜んで差し出します」

「ってわけだ。その言葉に甘える？」

「さすがに怒るよ」

エリザをギロッと睨《にら》む。

男装の彼女は肩をすくめてフッと笑った。

エリザを黙らせたあと、リリーの方を向く。

「話は分かった、でも君の命は――」

言いかけたその時、異変が起きた。

それまで普通にふるまっていたリリーが急に顔を押さえて、苦しみだした。

「お姉ちゃん!?」

マリが心配する。

苦しむリリー、前のめりに倒れてきた。

それを私が抱き留める。

「いけない！　つきます」

「大丈夫」

彼女は私を押しのけようとしたが、私はガッチリ抱き留めて、逃げられないようにした。

さっきの男の邪魔が入ったせいで説明ができなかった。それで彼女が絶望してヤケクソを起こす可能性もゼロじゃないから、そうならないためにしっかり抱き留めた。

彼女は顔を上げた。

「お姉ちゃん!?」

「……失敗？」

驚くマリ、訝《いぶか》しむエリザ。

リリーの顔が、私が治す前のような、溶けた顔に戻っていた。

その溶けた顔の一部が、ポタッ、と抱き留める私の腕に落ちてきた。

「離してください！　つきます、ついてしまいます！」

「大丈夫」

同じ台詞を言った。今度はより優しくと心がけて、彼女を安心させるように言った。

それが功を奏したのか、彼女は逃げようとしなかった。

代わりに、絶望が表情に出た。

「やっぱり、ダメだったんですね……」

「ううん、違うよ」

「え？」

「落ち着いて話を聞いてくれる？　本当はさっき言おうとしたんだ。普通の時に説明した方がパニックにならなくてすむからね」

「どういう、ことですか？」

「このまま戻るのを待って、それで説明してもいいんだけどね」

「……」

私の物言いに何かを感じたのか、リリーの表情がさらに一変、絶望から落ち着きに変わった。

「大丈夫？」

「はい」

「じゃあ説明するね」

もう大丈夫だろうと、彼女を離して、改めて説明する。

「キミのそれは呪いで病気みたいに見えるものなんだ。周期は不規則だけど、継続的に発作《ほっさ》？みたいなのを起こして顔をあんな風にしてしまう」

「はい」

頷《うなず》くリリー。

そのことは自分が一番体感で理解しているのだろう。

「せっかくだから、当面は完治させないようにしたんだ」

「なんでさ、できるんだろう?」

エリザが不可解そうに聞いた。

「彼女の顔を見て。何か気づかない?」

「気づく?」

眉をひそめるエリザ、私に言われた通りリリーを見る。

しばらく、じっと見つめてから
「……さっきよりさらに綺麗《きれい》になってる?」

「ご名答」

「え?」

これにはリリーも驚き、自分の顔をベタベタ触った。

「筋力――それと魔力のトレーニングの応用だね。筋トレのあと筋肉痛になって、治った後は筋肉が増えるでしょ」

「ただ治しただけじゃなかったんだ」

「治すのはいつでもできるからね」

「やるな」

男言葉のエリザは、力強い賛辞を送ってきた。

11 ✦ 善人、泣くほど喜ばれる

自分の顔をベタベタ触った後、リリーは居住まいを正して、真顔で私を見た。

さっきもだいぶ真剣だったけど、それよりもさらに真剣な顔つき。

こっちがつられて、ちゃんと応えなくちゃいけないという気分にさせられるほどの真剣さ。

「どうか、私にご恩を返させてください。なんでもします」

「その話だね」

エリザが茶々を入れたり、リリー自身の発作で話が先延ばしにされてたけど、まったく解決してなかった話だ。

「私も、恩返しさせてください」

妹のマリも姉の横に並んで、私に懇願《こんがん》してきた。

少し考える。

ここまで本気なのは断れない。

「……アレスさん」

断ったら彼女たちに失意がつきまとう。

ならば好きなようにやらせるしかない。

「分かった」

「――ッ！　本当ですか！」

「ありがとうございます！」

「とりあえずマリ、キミは僕の祐筆になって」

「ゆうひつ？」

小首をかしげるマリ。

この世のあらゆる文字を知っているが、言葉はまだ覚えてない彼女。

難しい言葉だったか。

「祐筆ってのは貴族とか、武将とかに仕えて代わりに文章を書く人のことだ」

エリザが説明をした。

「特に武将なんかには必須《ひっす》だぞ。字を書けてもクソみたいな字の武将が大半だからな」

「そういうこと。キミはあらゆる文字を書けるようになってるはず。その力を僕に貸して」

「――はい！」

マリはものすごく喜んだ。

元々文字が読みたいって女の子だ。

恩返しが祐筆になって働くというのは天職に思えるのだろう。

「私は、何をすればいいのでしょうか」

リリーが真顔で聞いてきた。

「キミはまた後で。まずは引き合わせたい人がいる。引き合わせてから、一緒に説明をする」

「分かりました」

「誰に引き合わせるんだ？」

エリザが不思議そうに聞いてきた。

「ミア」

「ミア……ああ、ミアベーラか」

「うん」

「なるほどな」

ニヤリ、と得心顔をする男装中のエリザ。

そんな表情もよく似合ってる。

表情といえば、リリーとマリの姉妹も、さっきとはうって変わっていい表情になった。

これ以上ないくらい嬉しそうな表情をする。

恩返しができるとなって嬉しがってるみたいだ。良かった。

「さて、うちに連れて帰ることになったけど、そうなった以上一つ言っておかなきゃならないことがある」

「なんでしょうか？」

「僕の本当の名前だよ」

「本当の名前？」

「マリはこういうの知らない？　あそこに遊びにいく人が偽名を使って正体を隠すの」

「あっ――はい！　聞いたことあります！」

ハッとするマリ。

知っているのなら話は早い。

「いろいろあってね、僕は偽名を使っていたんだ」

「アレスさん、じゃないってことですね」

「うん」

二人に微笑《ほほえ》みかけながら、名乗った。

「僕の名前はアレクサンダー・カーライル。アレクって気軽に呼んでいいよ」

「アレクサンダー……」

「……カーライル？」

見つめ合う姉妹。

徐々に表情が強《こわ》ばっていく。

「まっ、まさかそれって！」

「あのカーライル様!?」

あっ、様付けになった。

「僕のことを知ってるのかい？」

聞き返した、が二人とも返事はしなかった。

呆然《ぼうぜん》として、私を見つめて。

やがて、二人のまなじりから涙がこぼれた。

「ちょ、ちょっとどうしたの？」

「……」

「ひくっ、こんな、こんなことがあるなんて――ひくっ！」

リリーは呆然としたまま滝のような涙を流し、マリは声を上げて泣いた。

「えっと……どういうことなのかな」

「分からない？」

エリザの方を見る、彼女は何故か得意げな顔をしてる。

「わかるの？」

「嬉し涙だろ、どう見ても」

「嬉し涙……」

泣いてる二人を見る。

そう……なのか？

「これで恩人に恩返しができる、それだけでも嬉しいのに、その恩人があの副帝で国父のアレクサンダー様だった。そりゃ嬉しさも限界突破するってもんだ」

エリザに説明を受けて、「そうなのか」と思いつつ二人を見る。

リリーはまだ呆然としてるけど、マリは泣きじゃくりながらコクコクと米つきバッタのように頷《うなず》いている。

なるほど、そうなのか。

そこまで喜んでもらえるのは悪い気はしないね。

12 ✦ 善人、求められる

A good man.Reborn SSS rank life!!

「わっ、こ、ここは……」

「すごい屋敷……」

瞬間移動の魔法で屋敷まで飛んで戻ってきた。

いきなり景色が変わったことで、リリーとマリの姉妹が驚き戸惑っていた。

「アグネス」

続いて、影の中からメイドを召喚。

アグネス・メンバー。

メンバー子爵の娘で、一時期ドカンと増えた令嬢メイドのうちの一人。

性格は明るくて前向き、それでいて素直。

信頼がおけるから、出かける時も影の中にいてもらって、何かある時に何かしてもらうことが多い。

ちなみにもっとも信頼してるアメリアは、メイド長ってこともあって、屋敷においてくることが結構多い。

その、アグネスを呼び出した。

「お呼びですか、ご主人様」

「この二人に空いてる部屋を——二人は相部屋がいい？　それとも別々がいい？」

私が決めてしまうのもなんなので、本人たちの意見を聞いてみた。

「い、一緒で大丈夫です」

マリが言い、リリーがコクコクと頷いた。

二人とも公爵家（の格式にそった）屋敷に圧倒されている様子だ。

「分かった。じゃあアグネス、マリを連れて部屋を案内して。リリーは残って」

「分かりました」

マリはアグネスに連れていかれて、リリーが残った。

残った彼女は不思議そうに俺を見あげてくる。

「キミにはまず紹介したい人がいるんだ。さっき言った仕事をしてもらう関係でね」

「——はい！」

恩返しをしたいと言ったのは嘘でもその場凌《しの》ぎの言葉でもなく、本気でそう思ってるのが分かる。

さて、そんなリリーにミアを——。

「呼んでこよう」

エリザが口を開く。

もう屋敷に戻ってきたのだが、男装中のエリザは男言葉のまま。

メイドの時もそうだけど、格好を変えた時の設定をとことん貫くな。

「わかった、お願い」

「二人は書斎で待っててくれ」

「書斎？　どうして？」

「いいから」

エリザはそう言って、スタスタと屋敷の中に入っていった。

よくは分からないが、エリザがそう言うのだから何か思うところがあるんだろう。

「それじゃ中に入ろう」

「はい！」

恐縮してる反動で返事の声が大きくなるのはご愛敬《あいきょう》。

そんな彼女を連れて、屋敷の中に入った。

屋敷の中に入るなり、アンジェと遭遇《そうぐう》した。

「あっ、お帰りなさいアレク様！」

人なつっこい子犬のように、アンジェはバタバタと駆け寄ってきた。

そんなアンジェの姿を見て、思わず顔がほころぶのが分かる。

「ただいま。アンジェ」

「こちらの方は?」

「うん、今日から屋敷に住むことになった。リリーっていうんだ」

「そうなんですね。初めまして、アンジェリカ・シルヴァって言います」

「えっと、リリ——うっ!」

アンジェに名乗り返そうとした瞬間、リリーがまた顔を押さえてうずくまった。

発作の間隔が意外と短い。

そんな、状況を理解している私は腹を立てつつも落ち着いていたが、アンジェは違った。

「大丈夫ですか!」

事情を知らないアンジェはうずくまるリリーに手を伸ばし、抱き起こそうとした。

ぽたり。

リリーの顔から汁がアンジェの手に滴《したた》り落ちた。

「は、離れて下さい!」

「じっとしてて下さい」

トラウマが軽く出たリリーはアンジェを押しのけようとしたが、アンジェは静かに、しかし有無を言わさない口調でぴしゃりと遮《さえぎ》った。

リリーの顔、溶け落ちた顔を見ても動じることなく、アンジェは手でそっと触れた。

その手が光り出す。

やさしく温かい、治癒《ちゆ》魔法の光だ。

「効かない……アレク様！」

「大丈夫だよ」

「え？」

戸惑うアンジェ。

そうしてる間に治癒魔法が発動した。

今度は私がリリーにつけたヤツだ。

それが効いて、リリーの顔は元に戻った。

「ね」

「本当です……アレク様がもう治してたんですね」

「うん。あっ、これからも同じことが起こるから、それを見ても心配しなくていいからね」

「わかりました」

治癒魔法を使った時の真剣な表情が鳴りを潜め、いつものアンジェのやさしく明るい表情に戻った。

「あの……こちらの方は？」

私とアンジェとの間の空気で何かを感じたのか、メイドのアグネスが出てきた時は何も聞かなかったリリーがおそるおそる聞いてきた。

「僕の許嫁《いいなずけ》のアンジェ。まだ結婚式は挙げてないけど、事実上の正室だよ」

「お、奥様でしたか！　あああっ！」

驚き、その後悲鳴をあげながら、アンジェの手についたものを拭《ぬぐ》おうとする。

「すみません！　こんなもので奥様の手を汚してしまいました！」

「大丈夫。それよりも顔が大変だと思いますけど、アレク様は意味もなくその状態にするってことはないですから、アレク様を信じてて下さいね」

「は、はい」

だいぶ年下のアンジェに恐縮するリリーの姿は見てて面白いが、それよりもアンジェの言葉が気になった。

「よく分かったねアンジェ、僕があえてその状態にしてるって」

「はい！　だってアレク様ですもん」

「うん？」

「アレク様が本気を出せばなんでもできちゃいます。ケガ？　病気？　を一気に治さないのはきっと何か深いお考えがあるからだと思います」

「そっか。ありがとうアンジェ」

手を伸ばして、アンジェの頭を撫《な》でる。

アンジェは嬉しそうに目を細める。

深い理解と一〇〇%の信頼。

アンジェが向けてくるそれが心にしみるほど嬉しかった。

☆

カラミティのところに行くというアンジェとひとまず別れ、リリーを連れて屋敷に入った。

「おっ、義弟《おとうと》じゃねえか」

「来てたんだホーセン」

「ああ。おっ？　やたらとべっぴんなの連れてるじゃねえか」

廊下《ろうか》で遭遇《そうぐう》したホーセンは変わらず豪快《ごうかい》だ。

ジロジロ見られたリリーはまた怯《おび》えるかと思いきや。

「……」

そんなことはなく、平然と、むしろ毅然《きぜん》とホーセンを見つめ返していた。

「ほう、べっぴんだけじゃなくて気も強い。いい女じゃねえか」

「うん、僕もそう思う」

「義弟はそれでいいぞ、もっと綺麗《きれい》な女を侍《はべ》らせ。今の義弟に足りねえのはメスのニオイだけだ」

ホーセンらしい露骨なもののいいようだ。

私はホーセンとも付き合いが長いのですっかり慣れてるけど——

「……」

ちらっと見た、リリーが不機嫌そうな顔をしていた。

怯えたり気後れしたりするのがない分、彼女は豪傑《ごうけつ》タイプのホーセンの無遠慮《ぶえんりょ》な言葉により反応していた。

「そういうものなのかな」

「今の義弟はこんなもんさ」

ホーセンはいきなり双剣を抜いて、壁に何かを描いた。

まずは正五角形、その正五角形にかさねるようにいびつな五角形。

何かを評価する時に書く五角形のグラフだ。

そのグラフの内訳といえば、四つまで限界を遥《はる》かに超えてて、一つだけほぼゼロという奇妙な形だ。

「今の義弟はこれだ。力、魔力——面倒くせえ。全能力が人間を超越してる」

ものすごい褒《ほ》めようだ。

「だがここ、ここだけが足りねえ」

ホーセンは自分が書いたグラフの、能力が低い部分をトントンと叩いた。

「女をもっと侍らせば義弟は完璧《かんぺき》、そして無敵だ」

「そういうものなんだね」

「おう、俺を見ろ」

ホーセンは威張りながら言った。

うん、豪傑タイプのホーセンに言われるとなんとなく説得力があるような気がする。

今日、娼館《しょうかん》に行ったはいいが買わなかったことは伏せとこう。

さすがにホーセンに呆《あき》れられる気がする。

ホーセンは言うだけ言って、ガハハと豪快に笑った。

まったく、彼らしい。

そして。

「あの……」

「うん？」

「ご恩返しさせてください、なんでもします」

リリーもまた、リリーらしかった。

13◆善人、素材から最高だった

「うーん、後で大工さんを呼んでこれを消させないと」

「がっはっは、このままにしとけよ」

ホーセンが豪快に笑いながら言った。

「義弟のここが伸びた時、その時のも描いて並べて比較しようぜ」

「柱の背比べの跡じゃないんだから」

私は苦笑いした。

「それじゃな。伸びたら教えろよ義弟」

ホーセンはまたガハハと笑いながら去っていった。

教えるも何も、査定するのはホーセンなんだけどな。

まあ、そんな性格も彼の魅力の一つだ。

「よし、行こうか」

「はい！」

リリーを連れて再び歩き出す。

今度は途中何者にも邪魔されずに、私の書斎に到着した。

中に入って、椅子《いす》に座るやいなや、コンコンとノックをされた。

「どうぞー」

応じると、リリーがドアから離れて道をあけて、そのドアから二人の女が現れた。

一人は男装を解いた、いつも通りのエリザ。

私服お忍びモードのエリザだ。

耳にあるオリハルコンのイヤリングが綺麗な輝きを放っている。

もう一人は姫ドレスを纏《まと》ったミア、ミアベーラだった。

「お待たせ」

「私に用があると聞いた、神よ」

ミアは私を神と呼んだ。

出会った時、彼女たち一族の土地を取り返した直後にそう呼ばれた。

その時はこそばゆくてやめさせたのだが、その後私が神格者になったことを知ってからは、誰はばかることなく私を「神よ」と呼ぶようになった。

そんなミア。

また、綺麗になっていた。

「うん、ちょっとミアに頼みたいことがあるんだ」

「なんでも言ってくれ」

「リリー、彼女はミアベーラ。こっちはリリーだ」

「よ、よろしくお願いします」

「よろしく」

ものすごい美人に気後れするリリー、一方で素っ気ないミア。

ミアの方はいつもこうで、私以外の人間には素っ気ない。

「えっと……こちらの方は？」

少しでも話題と意識をそらすために見つけたのがエリザだった。

男装を解いたエリザ。変装技術が完璧だっただけに、リリーには初対面みたいに感じられた。

だからそれを聞いたのだが。

「皇帝だ」

ミアがあっけらかんと答えた。

「……えええええ!?」

盛大に驚くリリー。

「こ、皇帝様なのですか？」

私が正体を明かした時と同じ反応だ。

「かしこまらなくていいのよ。この屋敷にいるうちはお忍びだから」

「は、はあ……」

リリーは視線をさまよわせて、私のところで留まった。

皇帝という存在に怯《おび》えるリリー、救いの目を向けてきた。

エリザのことは徐々に慣れてもらうことにして、今はまず話を戻そう。

「リリー、キミにはしばらくの間ミアと一緒に行動してほしい」

「はい、何をすればいいんですか？」

「綺麗になって」

「え？」

「ミア」

「なんだろうか、神よ」

「彼女に色々教えてあげて。そしてできることなら一緒に綺麗になっていって」

「神の言葉なら従う」

ミアは何も聞かず即答した。

私に対する感情がもはや信仰の域に達しているミアらしい反応だ。

一方で、リリーは。

「あの！　私は恩返しを」

「その下準備なのよ」

エリザが代わりに答えた。

「下準備？」

「アレクは国父《こくふ》、そして副帝、ついでに公爵。つまり貴族中の貴族。だから他の貴族と会うことが多い」

エリザはそう言って、目で二人に「ここまでは分かった？」と聞いた。

彼女の視線に促されて、リリーはおどおどしながら頷《うなず》く。

「あの手の貴族の男はね、美女を侍らすのがステータスだと思ってるの、実に俗物《ぞくぶつ》的だけどね」

エリザは肩をすくめた。

そういえば最近、彼女の口から「俗物」って言葉をよく聞くようになった。

「貴族同士と会う時、より美女を連れてる方がうらやましがられるのよ」

「はあ……」

まだよく分かっていないリリー、エリザがさらに続ける。

「騎士が戦場で必要なのは剣と盾。それと同じ、貴族が社交の場で必要なのは美女なの」

そう言って、リリーに近づき。

「どんな貴族もうらやむくらいの美女になって、アレクの武器になりなさいってことなのよ」

「――はい！」

話を理解したリリー、さっきまでの「恩返しをさせてもらえなかったらどうしよう」的な不安が一気に吹っ飛んだようだ。

いいことだ。

「神よ、それは本当なのか？」

ミアが疑問を呈した。

私の言葉じゃなく、エリザが説明したから疑問を感じたようだ。

「うん。せっかくだし試してみようか」

「どうすればいい」

「ミアとリリーは見るだけ。ただ、効果を体感した方がいいよね」

「わかった」

「わかりました！」

「エリザ。悪いけど、協力してくれないかな」

「雰囲気《ふんいき》を変えればいいのね」

「うん」

エリザは静かにうなずき、まずは目を閉じた。

すぅ……と静かに息を吸ってから、目を開ける。

「こ、これは……」

「皇帝……様だ……」

ミアとリリーはエリザの変貌《へんぼう》に息を呑《の》んだ。

普段は見せないエリザの一面、皇帝としての威厳やオーラを解放するとこうなる。

さすがだなあ、と思いつつ、書斎にある素材袋を手にとった。

「作るのか？」

「うん」

「余《よ》にふさわしいものにするのだぞ」

「僕の見立ての、二人が一番綺麗《きれい》になった時にするつもりだよ」

「なるほど、ならば問題はない」

袋の中に手を突っ込んで、魔法を使う。

目を閉じてイメージする。

エリザに話した、ミアとリリー、二人がこの先、綺麗になった時の姿をイメージ。

そのイメージでホムンクルスを作った。

魂の入れ物、空《から》っぽの肉体。

ミアとリリーの二人に似たホムンクルスを作って、エリザのそばに並べた。

絶世の美女二人、皇帝の足元に傅《かしず》く光景。

エリザがさっき語ったことの完成形だ。

それを作った私は、二人の方を向いて。

「こんな感じだね」

「……」

「……」

「ミア？　リリー？」

二人は呼んでも反応がなかった。手を目の前にかざしても反応しない。

「あれ？　どうしたの？」

「お前までとぼけるな」

「ん？」

「お前が集めた女のスペックが高すぎて、男だけじゃなくて女相手にも効いたということではないか」

「ああ」

ポン、と手を叩く。

そして二人を見る。

うん、確かにそれっぽい。

二人は見とれてるの半分、気圧《けお》されてるの半分。

そんな感じだ。

「さすがSSSランクの人生。集まってくる素材からしてひと味違う」

エリザは、本気で感心した顔で言った。

14 ✦ 善人、幸せな気分になる

A good man.Reborn SSS rank life!!

「わっ、こ、こここここ」

書斎の中、新しく屋敷に住むようになったマリがニワトリのようになっていた。

私の執務机から離れた場所、書斎の隅の秘書ポジションに彼女の机を置いた。

それはいわば自分専用のスペース。

それを与えられたマリは感動やら戸惑いやらって感じだ。

「どう？」

「す、すごいです！」

「うん」

何がすごいのかは分からないけど、舞い上がってるのはよく分かる。

「じゃあ早速仕事をしてね」

「はい！　何をすればいいですか？」

「これとこれ、この内容をこっちの羊皮紙《ようひし》に書き写して。聖帝国文字で」

「聖帝国文字ですね、わかりました」

請け負うマリ。

彼女はペンをとって、慎重に羊皮紙に私の手紙を書き写していく。

「アレク、いるか？」

「父上」

「父上⁉　国父様のお父さん！　わ、私マリ・キュリーと申しますです！」

父上が執務室に入ってきて、慌てて立ち上がって頭を下げるマリ。

「マリ、父上はこれからも執務室によく来る。来るたびにそういうのしなくていいから。マリは仕事優先」

「わ、わかりました」

私の許しを得て、マリは仕事に戻った。

一方の父上は。

「おお、虚礼《きょれい》にとらわれず部下にも優しい。さすがアレクだ。そうだ、今の話を『アレクサンダー記』の著作チームに伝えねば！」

「何をさせてるのですか父上。それよりもここに来た理由はなんですか？」

いつも通りの暴走をスルー&制止。

そして父上に来意を聞いた。

「おお、そうだったそうだった。アレクに相談があったのだ」

「なんですか？」

「実はな、アレクが執務に本格的に携《たずさ》わるようになってから、我がカーライル家の資産がウナギ登りでな。今ざっと集計させたらカーライル家史上最高額となったよ」

「そうなんですか」

「おおぉ……」

マリが手を止めて瞳を輝かせていた。

「いやなに、それ自体は当たり前なのだが」

「当たり前なんですか」

私は微苦笑した。

史上最高額の資産になったのを、当たり前ってさらっという父上はやっぱりブレないな。

「うむもちろんだ！　だからそんなこと自体どうでもいいのだが、アレクに金の使い道を相談しようと思ってな」

「金の使い道？」

「金を遊ばせとくのも馬鹿な話だ。何かの使い道はないか？　アレクならきっと驚天動地《きょうてんどうち》空前絶後《くうぜんぜつご》のすごい案が出ると思って、それで相談に来たのだ」

「持ち上げすぎです父上。そうですね……」

私は考えた。

農地の改革をはじめ色々やった結果、カーライル家の税収が増大した。

それでやれることは何があるか……。

「減税、なんてのはどうでしょう」

「減税？」

「ええ」

頷《うなず》く私。

このあたり、生まれつき公爵家——最高クラスの貴族である父上には分からないが、前世の記憶をそのまま持っている私は体感として知っている。

庶民《しょみん》、そして労働者にとって、税金は少なければ少ないほどいい。

税金が高ければ働いた分持っていかれるのを馬鹿らしく思うし、金があればさらに儲けることができる。

農民であれば農具を新調したり、そうでなくとも住む家を補修・新築するだけで、結果的に病気にかかる確率が低くなる。

帝国、そしてアレクサンダー領はまだまだこれから。

もっともっと金が回るべき時期だ。

そういう時は、税を下げるのがいい。

「なるほど。じゃあどれくらい下げる?」

「そうですね、農民はゼロに」

「ゼロ?」

「そう、税金をゼロに。とりあえずは三年」

「何故三年だ?」

「三年分の余裕があれば、さらに子供を生みたいと思うことでしょう。そして子供は売られず労働力になる。どうでしょう。父上」

「……」

「父上?」

父上はポカーンとした——かと思えばわなわなと震えだして、外に駆け出した。

「母さん! アレクが、アレクがやっぱり稀代《きだい》の名君だったぞおお!」

と、叫び声をあげて執務室から飛び出した。

そんな父上を見て、マリはポカーンとした。

「マリは初めてだったね。大丈夫、あれがいつもの父上だから」

「そ、そうなんですね」

「というわけでマリ、仕事追加。後で減税の布告の文章を書いてね」

「——はい!」

喜ぶマリ。

数日前まで貴族の屋敷と関係ないところで暮らしていた彼女の笑顔は、そのまま減税の効果と意味を示しているのだと感じた。

これが上手《うま》くいけば、カーライル領は――。

「おう！　邪魔するぜ義弟《おとうと》！」

「ボウズ、相談があるのじゃが」

「アレク君、私の話を聞いてくれ」

父上が出ていったドアから、ホーセンにミラー、そしてアンジェの父上が続々と入ってきた。

父上と愉快な仲間たちの面々が急に押しかけてきて――

「どうしたんですかみんな？」

「おう、税金取り過ぎて金が余ってんだ、義弟使い道考えてくれ」

ホーセンがいうと、他の二人も頷いて私を見た。

……そうだった。

父上と愉快な仲間たちの前に、彼らはアレクサンダー同盟領の領主たちで、カーライル領と似た政策で統治している。

私も色々手伝っている。

それでやってきた三人。

カーライル家同様、彼らも資産が史上最高を記録したのかもしれない。

そんな三人の闖入《ちんにゅう》に、隅っこのマリは。

「まさかこれも……そうならすごい……」

と期待の目をしていた。

当然、私は。

「減税したらどうかな」

と、三人に提案したのだった。

☆

「ふう……」

ホーセンたちが大喜びで自分の領地に戻っていって、マリにも今日の仕事はおしまいと書斎から出した。

書斎の中、残されたのは私一人。

「やらかしたね」

「エリザ」

静かに書斎に入ってきたのはエリザ。

私服の、お忍び姿のエリザだった。

彼女は私の横まで、すぅとやってきた。

「やらかしたってどういうこと？」

「減税」

「うん？」

「あれは薬にして毒よ？　賢者の石――賢者の剣を持ってるアレクには歴史上それをやった国がどうなったか、分からないはずないわね」

「そうだね」

エリザの言うとおり、それはある意味毒だ。

いや、毒に変化する、と言った方がいい。

「人間は一度知った蜜の味を決して忘れられない。一度ゼロまで下げたら、上げる時に暴動が起こるわよ」

「僕が生きてる間は大丈夫。どうにかする」

「生きてる間は？」

「うん、でね、僕が死ぬ直前に上げればいい。上げた後に僕が死ねば、悪名と怨嗟《えんさ》はそのまま僕があの世まで持っていく。万事解決とまではいかないけど、僕が生きてる間のあと六十年くらいの繁栄《はんえい》に比べれば、プラスマイナスでプラスかな」

「……悪を行うことも覚えたのね」

「うん、創造神の一件で学んだ」

「なかなかの反面教師だったわね、俗物《ぞくぶつ》にもそれなりの価値はあったわ」

エリザがそう言ったきり言葉が途切れた。

書斎にシーン、とした空気が流れる。

気になってエリザを見る。

エリザは、今までに見たことのない表情をしていた。

その顔がどういう物なのか……私は知らない。

「余《よ》は……為政者《いせいしゃ》だ」

「うん？」

いきなりなんだ？　と思ったらエリザはものすごく真剣な顔になった。

皇帝、エリザベート・シー・フォーサイズ。

そういう時の彼女の顔だ。

「清濁《せいだく》併《あわ》せ呑《の》むことができる、そして自身の痛みを厭《いと》わぬもの。為政者として最上の資質だと思っている。大抵はどちらか片方だけ。前者だけなら腐敗まみれに、後者だけでは理想しか知らぬ愚か者だ」

「そう」

「卿《きょう》に禅譲《ぜんじょう》したくなった、それほどの思いだ」

「それはダメだよ、さすがに」

エリザは静かにうなずいた。

帝国には伝統がある、皇帝といえどそれはできない。

それに、エリザも知っている。

今更私に皇帝を譲《ゆず》っても何も変わらない。

「もう一つ、強くなった思いがあるわ」

一転、エリザは普段の女口調にもどった。

このエリザとの付き合いの方が長くてなじみがあるが、やっぱり、知らない顔だった。

熱に浮かされているような、なんというか——。

「——ん！」

エリザの顔が一気に近づく、視界が彼女の顔に遮《さえぎ》られる。

最後に見たのはエリザがまぶたを閉じるところ。

感じたのは——エリザの柔らかい唇。

一瞬のこと、一瞬だけのこと。

エリザと、唇同士のキスをした。

「あなたの女になりたい。そっちは……許されるはずよ」

初めてエリザとしたキスはいろいろが混ざりきってて。
とにかく、幸せな気分になった。

第十四章

01 ◆ 善人、二世代先の技術に導く

A good man.Reborn SSS rank life!!

「ようボウズ、ちょっといいかね」

昼下がりの庭、エリザとそれに懐くアンジェの二人の姿を複雑な気分で眺めていたところに、珍しく一人でミラーが話しかけてきた。

顔はますます皺《しわ》が増えたが、その奥にある眼光は鋭く、まだまだかくしゃくとしている老人だ。

そんなミラーに微笑《ほほえ》み返す。

「もちろん。何か用なの？」

「ボウズに紹介したい男がいてな」

「僕に紹介？」

「うむ、わしの領地に住んでいる男じゃが、話してることがわしにはわからん。わしよりもボウズ向きの話じゃ」

「なるほど」

「といっても、この世の全てのことはボウズ向きじゃがな」

ミラーはそう言って、かっかっかと口を大きく開いて笑った。

なにやら真面目《まじめ》な話だなと思いきや、すぐにまたそうくる。

ミラーもやっぱり「父上と愉快な仲間たち」の一員だなと改めて思う。

「ほい、ちょっと待ってろい」

あっ、もう連れてきてるんだ。

ミラーはそう言って一旦立ち去った。

「何を話してたの？」

「エリザ、それにアンジェ」

離れたところで雑談してた二人がやってきた。

「ミラーがね、僕に紹介したい人がいるって」

「珍しいわね、あの男がそんなまともなことをするなんて」

「どういう人なんですか、アレク様」

「それは僕も聞いてない。今連れてくるみたいだから、会えば分かるんじゃないかな」

「私たちもいていい？」

「……もちろん」

同意すると、エリザとアンジェは私の背後に数メートル、会話が聞き取れる程度の距離に離れた。

その間、いやそれよりも前から二人は手を繋《つな》いだまま。

アンジェが「お姉様」と呼び、義兄弟ならぬ義姉妹な二人は、仲が良くて本当の姉妹にも見える。

願わくばずっと仲良いままで――と思っていると、ミラーが一人の男を連れてきた。

三十代にさしかかったくらいだろうか。

メガネを掛けているが、そのメガネはなんだかよれている。

服もヨレヨレで、痩《や》せ型体型でなんだか頼りなさそうな印象を受ける人だ。

「こ、国父《こくふ》殿下にお目通りかなって――」

「いいよ、そういうのは。ここは公的な場じゃない、僕の家、プライベートな空間だから」

膝をついて作法《さほう》に則《のっと》って礼をしようとする男を止めた。

「は、ははは い！　寛大な心に感謝いたします、はい」

「それよりも名乗ったらどうじゃ？」

男を連れてきたミラーが促した。

「ああっ、これは失礼を。私はクラウド・ホワイト。魔術師でございます」

「魔術師か。僕に何の用かな」

「こ、ここ国父殿下に援助をしてほしいのです、はい」

「援助？」

「こいつはのう、面白い研究をしておるのじゃ」

「へえ」

興味深いな、という目を向けると、クラウドは説明を始めた。

「こ、こ国父殿下は魔力ストックのことをご存じですか」

「聞いたことはあるよ。魔力を文字通り人から取り出して貯蔵して、使いたい時に使うんだよね」

ムパパト式とも関わりの深いそれ。

私の行動範囲内では主に魔法学校がそれを使っている。

帝国皇帝のいざという時の逃げ込み先として、武器や食糧と同じくらいの重要度で、魔力も貯蔵されている。

「は、はい。それで私考えたのです、魔力と同じ生体エネルギー、人間の体力も取り出して貯蔵できるのではないか、と」

「ふむ」

「人体は健康な時とそうではない時、生命力に差がある。しかし弱まっている時も生命が維持できる。そこから逆に推測するに、健康な時は生命力を無駄に、言い換えれば非効率に使っていると思われる」

頷《うなず》きつつ、面白いと思いはじめた。

クラウドという男、最初はオロオロして頼りなかったのに、説明を開始した途端ハキハキと喋るようになった。

「また、遭難《そうなん》した時はじっとして、体力温存、などという話もあります。つまり、生命力もある程度使う量をコントロールできる。ならばそれは魔力と同じように取り出せるということ。私はその研究をしております。体力が普段からストックできれば、例えば魔法の効かない、体力との消耗戦《しょうもうせん》になる大病の時はどんな薬よりも効くはずです」

「というわけじゃ。わしにはよくわからんが、こいつが領主のわしにパトロンになれと迫ってきてのう」

「なるほど、それで僕に代わりにやれってことだね」

「やらんでもよいぞ？　わしは金出す価値があるかどうか判断しかねるが、ボウズはわかるじゃろ」

「うん、わかるね」

私はそういって、手を上向きにして差し出した。

しばらくして、私の手のひらからぼう、と光る球が浮かび上がった。

今までやったことのどれとも違う、初めて出す球。

「アレク、それはなに？」

背後からエリザが聞いてきた。

「僕の生命エネルギー、つまり体力のストックだね」

「なあっ！」

クラウドが驚愕《きょうがく》した。

「やろうとしてるのはこういうことでしょ」

「ど、どうして……もう実現していたというのですか……」

実現というか、失伝というか。

賢者の剣から得た知識だと、魔力のストックと同じように、これは数百年前に一度は確立した技術だった。

しかしいろいろあって魔力ストックの技術だけが残った。

「そんな……」

それを再現してみせると、クラウドはがっくりうなだれた。

「革新的な発想だと思っていたのに……国父殿下が先にいっていたなんて……」

クラウドは見てて可哀想《かわいそう》なくらい肩を落とした。

「さて、研究費っていうのはどれくらい必要なものなの？」

「「「え？」」」

クラウドだけでなく、エリザ、アンジェ、ミラー。

その場にいた全員が声を揃《そろ》えて驚いた。

「金を出すのかボウズ」

「うん」

「しかし既にボウズはそれができる、なぜ金を」

「この技術の先にはね、命のストック、という理論が完成されてるんだ」

「命のストックじゃと？」

「うん、この玉――実際はこれの先の技法なんだけど、これをストックしておくと、ケガとかで死んだ時にこれが身替わりになってくれるんだ。自分の命だからね」

「そんなことができるのか？」

「理論上は、ね。クラウド、今の話を聞いてどう思う？」

「…………可能だと思います。難しいという気もしますが」

「うん、だろうね。それをやってみる気はない？」

「――やります！」

クラウドが食いついてきた。

「ふむ、専門的な話はわしにはわからんが、要するに」

ミラーはあごを摘《つ》まんで、首をかしげながら聞いてきた。

「ボウズは、一つ先をいってて、二つ先の道を示してやった、ということじゃな」

「そうだね、そういうことだね」

「わあ、さすがアレク様！」

02 ✦ 善人、技術革新をはじめる

A good man.Reborn SSS rank life!!

私は書斎で考えごとをしていた。

「あの、国父様。何かお悩みですか？」

「うん？」

顔を上げると、隅っこの机から、祐筆《ゆうひつ》のマリが心配そうに私を見ていた。

頼んだ書き物はもう終わっていて、丁寧《ていねい》に封筒に入れられて封がされている。

「悩みごとじゃなくて、考えごとだね」

「考えごと？」

「マリは聞いてる？　僕がお金を出して、命のストックの研究をしてもらってるって」

「はい！　メイドの皆さんから聞いてます」

私はにこりと笑った。

噂話《うわさばなし》を禁じている貴族の家もあるが、私はそうしていない。

広まって困ることはしてないからだ。

「それはいいヒントになったんだ。僕は色々知識や技術を持っている。それらをさらにその先に進めた方がいいって思ってね」

「はあ……」

生返事をして、よく分からないって顔をするマリ。

文字が専門の彼女には難しい話だったか。

賢者の剣のおかげで、私はこの世のあらゆる知識を手に入れた。

その実態は超巨大な辞書なのだが、賢者の剣を持っている限り知識は私の手の中にあると言っていい。

その賢者の剣の知識は、一言で言えば「現在存在しているもの、過去存在していたもの」というものだ。

未来にあるものは、賢者の剣の中にない。

最先端の知識や技術を持っているが、それはいわば「死んだ」知識。

クラウドの一件で、その知識を先に延ばそうと考え始めた。

「……うん、とにかくやってみよう」

と、決断した私。

まずはきっかけになったクラウドも言ってた、「魔力」からやってみるか。

☆

森の中にひっそりと隠れるように建っている家。

噂を聞いて、私はここに一人で訪ねてきた。

家に近づき、ドアをノックする。

「ごめんください」

シーン。

何も返事はなかった。

「ごめんください」

もう一度ノックをして、呼びかけるが、やっぱりシーンと静まりかえって返事はない。

念の為に気配を探る……いる。

中に男が一人いる。

動いてはいないが、息づかいは規則正しい。

寝ている、のかな？

起こすかどうかと悩んでると、気配が揺れたと感じたので、もう一度呼びかけることにした。

「ごめんください、ハウ・ロビンソンさん。いらっしゃいますか？」

「……ったく、うっせえなあ」

家の中からイライラした声が返ってきた。

少し待つと、ドアが開いて一人の男が姿を見せた。

歳《とし》は三十代、ボサボサの頭と無精髭《ぶしょうひげ》でもう少し上に見えるかもしれない。

寝起きなのかそれとも普段からこうなのか、いかにもやる気のない顔つきをしている。

「なんだお前。ここは子供がくるところじゃねえぞ」

「ハウ・ロビンソンさんですね。僕の名はアレクサンダー・カーライル」

「アレクサンダーでもブラックサンダーでもどうでもいい、ガキは帰れ」

ハウは苛立《いらだ》たしげに言った。

私のことを完全に知らないようだ。

それはそれでいい、別に構わない。

今から頼むことに、私を知っているかは関係ないからだ。

「今日はハウさんにお願いがあって来たんです」

「食いもんはねえぞ」

「違います。ハウさんが継続使用の魔導具を研究してると聞いてやってきました」

「……小僧、お前なにもんだ？」

ハウの顔つきが変わった。

明らかに警戒してるって顔つきになった。

「アレクサンダー・カーライル。貴族だよ」

「その貴族様がなんでそんなことを聞く」

「研究を、進めてほしいと思ってね」

「……」

ハウはしばし無言で、値踏みするように私を見つめた。

☆

ハウに通されて、家の中に入れてもらった。

玄関を通って、入ったリビングは明るかった。

天井に何かがぶら下がってて、それが光を放っている。

「あれがハウさんが研究してるものなんだね」

「ああそうだ、試作一号機だがな」

「一度きりの魔導具じゃなくて、恒常的に存在して、魔力を補充してやると何度も繰り返し使える魔導具。それを日常生活に使えるようにって研究をしてるんだよね」

「よく調べたな小僧。だが情報が遅い。それはもうやめてる」

「やめてる？　どうして？」

「武器を作れって言われ続けてきたからな」

ハウは冷笑した。

「魔導具を使い捨てじゃなくて器《うつわ》にして、魔力さえあれば効果を出し続けるようにするのは簡単だったさ。これみたいにな。魔力ランタンとでも呼べばいいのか？　こいつに魔力を補給し続けてやればずっと光ってくれる」

「うん」

「作っちゃないが、氷の魔法をゆるくして、部屋の中を冷やす装置も考えてる。夏は快適だぜ？」

「氷を自動で作ってくれる装置も作れそうだね」

「ふっ、発想がさすが貴族だな。そうだ、それができりゃバカみたいに高い氷も安く手に入る」

「なんで研究をやめたの？」

「言ったろ、武器を作れって言われたんだ」

ハウはますます冷笑した。

「ものは簡単に作れる、問題は魔力だ。魔力はどこから持ってくる？　人間か、まあモンスターだ」

「……そうだね」

今の技術じゃそうなる。

「魔力をもってる魔道士様たちはよ、口を揃えて『そんなものよりも武器を作ってくれ』っていうんだよ。そりゃ魔道士様たちからすりゃ自分たちがやってることと同じものを作った方が楽できるしな」

ハウの言葉はとげとげしかった。

よっぽど腹に据えかねてるんだな。

「ってことだ。研究とかもうやめてるから」

「もし」

「ああん？」

「魔力供給のことさえ解決できれば研究を再開してくれる？」

「小僧が魔力をくれるってのか？」

ハウは鼻で笑った。

「ある意味そう」

「……いい加減怒るぞ」

「ちょっとついてきてよ」

「はあ？　なにを——うわ！」

訝《いぶか》しむハウの手を取って、瞬間移動魔法で飛んだ。

森の奥の家から一瞬で、広がる田んぼにやってきた。

「こ、ここは？」

「カーライル領内の、とある農村」

「こんなところに連れてきてどうしようってんだ？」

「これ」

私は前を指さした。

私とハウの前にある、一区画だけ、他とは違う作物を育てている畑だ。

畑には花が育っている、その花からポタッ、ポタッと蜜が滴《したた》っている。

「分からない？」

「なにが……ってちょっとまて、これ、魔力か？」

「うん」

「馬鹿な！」

ハウはパッと四《よ》つん這《ば》いになった。

地面に這いつくばって、滴ってる蜜をじっと観察する。

「本当に魔力だ……なんだこれは」

「ソーラーフラワー。一度は絶滅した古代種。太陽の光を浴びてる間、魔力を凝縮した蜜を垂らすのが特徴」

「…………」

ポカーン、となってしまうハウ。

「これで魔力畑を作れば、今世の中にある食糧と同じように、安定して魔力が供給されるようになる」

それで一旦言葉を切って、ハウを見つめる。

「研究、再開してくれる？」

「……」

驚きのあまり目を見開いたハウだが、次第に表情が変わっていった。

立ち上がって、口角を器用に持ち上げて、不敵な笑みを浮かべる。

「ああ、やるぜ」

その分野の第一人者が、再びやる気を出してくれたのだった。

03 ✦ 善人、夜を克服する

A good man,Reborn SSS rank life!!

屋敷の庭、花壇《かだん》の前で私は花を摘《つ》んでいた。

花を植えて、魔法で成長を促進して、成長してきたのを摘む。

摘んだ後はまた新しく植えて、成長を促す——それを朝から延々と繰り返していた。

目的は狙ったとおりの花を育てること。

半日かけて、ようやく狙ったものが何輪か育てられたところで。

「アレク様、お客様です——あれ？」

屋敷の方から小走りでやってきたアンジェが私のやってることに気づいて、立ち止まって首をかしげた。

「何をしてらっしゃるんですかアレク様。花占いですか？」

「盛大な花占いだね。でも違うよ。この花を育てたかったんだ」

狙って育てた花をアンジェに見せる。

「わあ……綺麗《きれい》ですね」

「気に入った？」

「はい、すごく綺麗です」

「じゃあこれはアンジェにあげる」

私はその花を摘んで、アンジェの耳にかけてあげた。

「あっ……」

「うん、よく似合ってるよアンジェ」

「ありがとうございます、アレク様……」

アンジェは嬉しそうにはにかんだ。

「ところで、僕に何か用だったのかな」

「あっ、そうでした。アレク様にお客様です」

「誰かな？」

「ハウ、って人です」

☆

屋敷の応接間、ハウがメイドに通された部屋にやってきた。

「お待たせ」

「おう」

メイドが出したであろうケーキやお菓子をガツガツ食べながら、顔だけ上げたハウ。

おかわりしたであろう皿がいくつも積み上がっているところと、お茶には手をつけてないところを見ると。

「甘いもの、好きなの？」

「ああ」

「もっと持ってこさせようか」

「いや、とりあえずもういい」

ハウは最後のケーキを口の中に押し込んで、豪快にゴックンと音を立てて腹の中に飲み込んだ。

「ごっそさん」

「お粗末様。それで、今日はどんなご用？」

「物ができたから持ってきた」

「へえ、どんなのかな」

物、とはいうまでもなくハウに研究・開発を頼んでいる、ソーラーフラワーの魔力を有効活用した道具のことだ。

どんな物を作ってくるのかわくわくした。

ハウは足元の小包をとって、テーブルの上に置いてそれを開いた。

丸い、ガラスの玉のような物が現れた。

ガラスの玉は台に載せられていて、台にはらせん状の溝《みぞ》が掘られている。

「これはどういうもの？　占いの水晶玉？」

「そんなつまらんものを作るかよ。部屋を暗くしてくれ」

「わかった。お願い」

私は影の中から令嬢メイドを二人召喚。

メイドたちは応接間のカーテンを全部下ろしてから、また影の中に戻った。

メイドの召喚を見たハウからは「ふーん」とそれなりに反応はあったが、大して驚きも興味もなかった。

一方で、カーテンを下ろしたことで部屋の中が暗くなって。

「これでいい？」

「とりあえず充分だ」

ハウはそう言って、懐《ふところ》から小瓶《こびん》を取り出した。

小瓶の中には液体が入っている。

「ソーラーフラワーの魔力だね」

「ああ、これをここにたらすと――」

ハウは魔力の雫《しずく》をガラス玉の台、らせん状の溝に垂らした。

雫はらせんの溝に沿ってぐるっと何周も回って、徐々に真ん中に近づいていき。

やがてガラスの玉の真下に入ると――玉が光った。

透明で中に何もなかったガラスの玉が光を放つ。

暗くなった部屋の中が一気に明るくなる。

まるで昼間にカーテンを全開にしたくらいの明るさだ。

「これがお前さんがくれた魔力の雫をつかった試作第一号だ。これがあれば夜でも昼間並みに明るくなる」

「すごいね」

「しかもこいつは魔力だからな、ろうとか油とかと違って臭《にお》いもしないし、すすで部屋も汚れない」

「いいね。そして何よりこの溝がいい」

「溝？　ああ、これで注いだ分をゆっくり使うようにできる――」

「ううん、それよりもっとすごいのができるよ」

「ん？」

「水道って知ってるよね」

「ああ、貴族とか金持ちとかの屋敷にあるアレだろ？」

「うん、水を安定して供給できる装置。あれと同じ、例えば花畑から管を引いて、こういう装置に直結させたら、魔力の補給もいらなくなる、って思わない」

「──っ！」

ハウは目を大きく見開き、愕然《がくぜん》とした。

「たしかに、それだともっと便利になる」

直後にうつむき、手にあごをやって、ぶつぶつ言う。

「そうか、水道の技術を流用できるのか。むぅ、魔力が液体化できるって見た時点で思いつくべきだった！」

ぶつぶつ言うハウに、私は尋ねる。

「どう？　いけそうかな」

「ああ、いける。……いややっぱりダメだ」

「うん？　どうして？」

「こいつはソーラーフラワーで作ってんだろ」

小瓶を持ち上げて私に聞く、私は頷《うなず》いた。

「そうだよ」

「ソーラーフラワーは昼間しか雫を生産しない。この照明はむしろ夜に使われるようになるはずだから、そういうふうに供給を自動化しても恩恵がすくない」

「そのことなら丁度《ちょうど》今解決したばかりだよ」

「なに？」

私は懐から一輪の花をとりだした。

今朝から植えては摘んで、成長を加速させて品種改良をした、ソーラーフラワーの親戚《しんせき》の花。

「それは？」

「今日作ったばかり。名前はないけど、うん、普通にムーンフラワーでいいかな」

「ムーンフラワー……まさか！」

「うん」

私は静かにうなずく。

「こっちは月光で魔力の雫を生産する。ソーラーフラワーと組み合わせれば、一日中ノンストップで魔力を供給できるようにできるよ」

「……すげえ」

ハウは、開いた口が塞《ふさ》がらなかった。

04✦善人、不夜城を作る

A good man,Reborn SSS rank life!!

父上の執務室の中、珍しく真面目《まじめ》な顔の父上。

「モレクの街の犯罪率が上がっているそうだ」

「この屋敷から一番近い街だね」

頷く父上。

「アレクを慕《した》って多くの民が移住してきた。がしかし全員が良民《りょうみん》という訳ではなさそうだ。中には最初《はな》っから悪事を働こうという輩《やから》もいる」

「それはそうですね」

「それが多かった。アレクのおかげで街は栄えているのだから、うまいんだろうな」

なるほど。

それはちょっと由々《ゆゆ》しき事態だな。

犯罪率が上がるのは見過ごせない。

「分かりました父上、なんとかしてみます」

「うむ、頼むぞアレク」

父上に「任せて」とだけ言って、執務室から退出した。

まずは実態を把握《はあく》、一度モレクの街まで出てみるか。

そう思い、廊下《ろうか》を抜けて屋敷の外に出た。

屋敷から出ると、

「あ、あれってもしかして⁉」

「本物かしら、ねえどうなの？」

「わ、私、遠目でしか見たことないですよ」

普段聞き慣れないタイプの女の子の声が聞こえてきた。

不思議がって声の方を向くと、庭にテーブルを出して、お茶会らしきことをしている女の子たちの姿が見えた。

その中にアンジェの姿があって、女の子たちはみなアンジェと同い年くらいの少女たちだ。

アンジェがいるので、私は女の子たちのところに向かっていった。

「やあアンジェ、お友達とお茶会？」

「はい！　アレク様」

アンジェが答えると、女の子たちから黄色い悲鳴が上がった。

アンジェの返事にある「アレク様」、つまり私の名前を聞いた直後の反応。

まるでアイドルと実際に会ってしまった年頃の少女のような反応だ。

その反応も含めて、女の子たちの集まりがどういうものなのか気になった。

「どういうお友達なの？」

「えっ？　えっと……あの……」

「うん？」

「その……」

珍しく言いよどむアンジェ。

一緒に暮らし始めて十年近く経つけど、彼女が私にこうして何かを言いよどむのはすごく珍しい。

いや、初めてなんじゃないだろうか。

アンジェが答えにくいっていうのなら別に無理強《むりじ》いすることもない。

彼女なら変なことはしないだろうからね。

そう思って、話を切り上げようとしたら。

「あのっ！　アンジェリカ様を責めないで下さい！」

アンジェの向かいに座る一人の少女が必死に弁明を始めた。

「アンジェリカ様は私たちのお願いを聞いてくれただけなんです！」

「どういうことなのかな」

「私たち、みんなアレクサンダー様に憧れてるんです！」

お、おう？

弁明する女の子の勢いと、他の子が向けてくる同じような強い眼差《まなざ》しにちょっと気圧《けお》された。

「アレクサンダー様に憧れてるけどお会いしたことがない子とか、助けられた時遠目でしか見てない子とか。アンジェリカ様はそんな私たちをここに招いてくれたんです」

「そうなのかいアンジェ」

「えっと……はい。実は……」

アンジェは頬《ほお》を桜色に染めて、微《かす》かにうつむき、上目遣いで私を見る。

「みんなから、アレク様の素敵なところを聞きたかったんです。噂《うわさ》とか、実際に見たのとか。いろんなアレク様の素敵なところを聞きたくて」

「……なるほど」

なんだろう、このこそばゆいのは。

悪い気はしない。

「それで、いろんな人をお屋敷に招いて、お話を」

「ってことは今日が初めてじゃないんだね」

「はい！」

なるほどな。

まあ私はしょっちゅう外を飛び回ってるから、知らないのも無理はないか。

「あの、アレク様」

「うん？」

「私、いろんな人から話を聞いて、一つ気づいたことがあります」

「なにかな」

「アレク様を好きな人って、みんないい人です」

「いい人？」

「はい！　その……アレク様お耳を」

アンジェはそう言って、他の女の子に聞かれないように、私に耳打ちした。

「いろんな言い方ありますけど、悪いことをするとアレク様に顔向けできない、ってみんな言ってます。アレク様は光だから、悪いことをしちゃうと、好きな気持ちまでもいたたまれなくなっちゃうんです」

「なるほど」

私も耳打ちするくらいの小声で返事をした。

若い――というより幼い子にはそういうことがよくある。

というより、そうしつける親は意外と多い。

悪いことをすると嫌われるよ。

というのは、結構な割合で幼少期に親に言われる言葉だ。

その相手が私じゃなくて、光とかじゃなくてもそうなる——。

「……」

「アレク様？　どうかしたんですか？」

「光……ねえアンジェ」

「はい」

「アンジェは、泥棒は昼と夜、どっちが多いと思う？」

「夜……だと思います。夜の方が人に見られないから」

「だよね」

アンジェにもらったヒント、私はそれをさらに賢者の剣に聞いた。

この世に存在するあらゆる知識を持っている、数千万ページもある辞書のような、賢者の剣。

その賢者の剣に聞いた。

全犯罪の六〜七割、ものによっては九割以上が夜に行われているというはっきりした数字が返ってきた。

昼と夜の違い、それは明るさ——つまり光。

ならば、犯罪を抑えるためには光を増やせばいい。

光、か。

☆

数日後、モレクの街。

路上のあっちこっちで取り付けていた物が、夕方になってようやく一通り設置が完了した。

「やれやれ、人使いの荒い人だなあんたは」

夕焼けの中、私の隣で呆《あき》れ顔をしているのはハウ。

研究のパトロンになっている、ハウ・ロビンソンだ。

彼がここにいるのは、発明を依頼したからである。

その発明が、今モレクの街の至るところに取り付けられている。

「それをすぐに作れるハウもすごいよ」

「前から発想はあったさ、ムーンフラワーのような存在がなくて実現不可能と投げてたんだ」

「だからすぐに作れたんだね」

「そういうことだ」

頷《うなず》くハウ。

彼と話している間も、日が少しずつ西に沈んでいく。

それに伴《ともな》い、街の人々がそわそわしだした。

そして、日が完全に沈む。

明るい昼間が終わり、闇が支配する夜がやってくる。

直後、灯りがともった。

一つや二つではない、街の至るところから灯りがともりだした。

私が設置させた物、それは街灯だ。

柱のように、平屋の天井よりもちょっとだけ高いところに、ハウの発明した魔力の灯りを取り付けている。動力となる魔力は、その上につけたムーンフラワーでまかなう仕組み。

夜になると、ムーンフラワーが自動的に魔力の雫《しずく》を作り出し、それで魔力の灯りがともるという仕組みだ。

「おおおおお!?」

「明るい、明るいぞ！」

「まるで昼間のようだ！」

街の至るところから歓声が上がった。

あっちこっちに設置した街灯は、皆の感想通り昼間に匹敵するくらいの灯りを作り出した。

モレクの街全体が、まるで昼間に戻ったかのようだ。

この日を境に、上がったモレクの犯罪率が目に見えて下がっていった。

05 ✦ 善人、歴史に名を刻む

夜のモレク、街で一番高い五階建ての建物の上から、夜の街を見下ろしていた。

まるで塔《とう》のてっぺんで酒宴を開いているような部屋から見下ろす街の至るところに灯りがついている。

ハウの発明に、私のムーンフラワーをセットでつけた街灯だ。

それが街を明るくして、人も増やした。

夜の街は昼間よりも賑《にぎ》やかさを増していて、不夜城・モレクの賑わいを見ようと、世界各地から観光客が集まってきている。

「まるで祭りだ」

私と一緒にいる父上が眼下の光景を眺めながら感想をつぶやいた。

そう、祭り。父上の感想通り、まるで一年に一度の大きな祭りのような賑わいで。

祭りと違うのは、これが毎日やってること。

もはやモレクには日常の光景になっていることだ。

「さすがアレク、街そのものを一手で作り替えた。いや、違うな」

「ちがう？」

「世界が変わったのだ」

父上は力強く、迷いなど微塵《みじん》もない口ぶりで言い切った。

「歴史を塗り替えたとも言える。まあ、アレクにはどうということのないことだが」

「褒めすぎです、父上」

「そんなことはないぞ。後世で歴史を振り返った時、間違いなくこの瞬間が歴史の分岐点《ぶんきてん》だったという——いや待て」

途中まで言って、父上は手をかざした。

ジェスチャーだけを見れば私を止める感じのジェスチャーだが、実際は父上自身が喋《しゃべ》ったのを一方的に止めている。

手をかざしつつ、もう片方の手であごを摘《つ》まみながら、考え込む父上。

何をそんなに考える？　と思っていたら、

「この程度のこと、これからもアレクがし続けていくだろうな。ならば歴史の分水嶺《ぶんすいれい》とはならないのか？　アレクの誕生そのものが既に歴史を変えているとまとめるほかないな」

父上はいつもの父上だった。

「アレク、罪作りな男だ」

「はい？」

「あまり歴史家どもをいじめてやるな」

「ですから持ち上げすぎです父上」

父上のそれに微苦笑したが、いつものことだったので軽く流しておいた。

しばらくの間、父上と二人で街並みを眺めていると、私のメイドが一人やってきた。

「ご主人様、大旦那様《おおだんなさま》」

「どうしたの？」

「皇帝陛下からご主人様に」

メイドはそう言って、皇帝の封がしてある封書を私に差し出した。

エリザがこんなことするなんて珍しいな、と思いつつ封書の中身を取り出して読んでみた。

「なんと？」

「明日モレクの街に来るみたい。僕に案内しろだって」

「陛下が来るのか」

私は頷く。

言葉に無駄がない父上、ほんの一瞬で全てを理解した。

お忍びのエリザでもなく、メイドのエリザでもない。

わざわざこうして連絡をしてきて、案内しろってことは。

皇帝、エリザベート・シー・フォーサイズとして来るってことだ。

☆

次の日の夜、モレクの街の入り口。

背後には昼間と見まがう明るさのモレクの街と、住民に観光客、大勢の野次馬が集まってる。

前方から皇帝親衛軍に守られた神輿《みこし》、それに乗っている皇帝が向かってくる。

荘厳かつ雄大。

皇帝の一軍は街の真ん前まで来たところで前進を止めた。

私は前に進み出る。神輿の前に出て、礼法に則《のっと》って片膝礼をとった。

「お待ちしておりました、陛下」

「面《おもて》を上げよアレクサンダー卿《きょう》。下々《しもじも》の者と違い、卿が余に頭《こうべ》を垂れる必要はない」

「ありがたき幸せ」

ここまでは定例行事。

私が礼法通りの行動をして、エリザがそうする必要はないと言い、私がありがたき幸せと返す。

相手が皇帝モードなら、この手続きを踏むのは必要なことだ。

そうしている内に、エリザは神輿から降りた。
皇帝服を纏《まと》い、自分の両足で歩いて、私の前にやってくる。
「案内するがいいアレクサンダー卿、そなたの光を見せてくれ」
背後の野次馬がざわついた。
そなたの光、その言い回しに人々はどよめき、微《かす》かな歓声を漏《も》らす。
私は料理店の店員の如《ごと》く、エリザを先導して街に入った。
野次馬の人垣《ひとがき》が割れる、その中をエリザとともに進んでいく。
エリザは皇帝の威厳を十二分に保ったまま、不夜城・モレクを眺めながら進む。
普通に歩くよりも遅かった。
威厳を保つためか、それともじっくり観察しているからか。
あるいは民衆に皇帝の姿を見せるためか。
エリザは、普段の半分くらいの速度で歩いた。
やがて、大通りを一〇〇メートルくらい進んだところで、エリザは足を止めた。
「さすがだな、アレクサンダー卿。ここはもはや新世界、地上の理想郷」
歓声が大きくなった。
興奮も混じっていた。
民衆からすれば天上の住人に他ならない皇帝が、自分たちの住む街を褒めている。

興奮するのは当然だ。

「卿の力なのだな」

エリザは街灯の一本に近づき、柱の部分にそっと触れ、灯りの部分を見あげた。

「ありがたき幸せ」

「時に、これの名前はもうつけたか？」

「名前、ですか？」

エリザの質問に虚を衝《つ》かれた思いだ。

街灯は街灯、名前をつけるなんて発想はなかった。

私は素直に答えた。

「いいえ、まだでございます」

「なるほど、では余が名を授けてやろう」

興奮と歓声がまた少し大きくなった。

私が今までやってきたのと同じように、名前をつける、という行為そのものに意味がある。

物理的に力を持たなくとも、権威を加えるということもある、箔《はく》がつくことが十二分にある。

皇帝による名付けとはそういうものだ。

「陛下の御心に感謝いたします」

「国父灯《こくふとう》、いや堅いな。アレクサンダー……長い」

ぶつぶつと何かをつぶやいたあと、エリザは私の顔を真っ直ぐ見て、半ば宣言するように言い放つ。

「アレクの光、ではどうだ？」

「陛下、それは……」

眉《まゆ》をひそめた。

それは恥ずかしい。

「そなたが発明したものと聞く」

「いえ、それは僕が頼んだ人が――」

「カルス帝のことを知っているか？」

私の言葉を遮《さえぎ》ってきたエリザ。

カルス帝って……たしか。

「帝国中興《ちゅうこう》の祖《そ》と呼ばれたカルス三世陛下のことでしょうか」

「うむ。カルス帝は一度半分以下にしぼんだ帝国を版図《はんと》を戻しただけではなく、全盛期以上に広げた――というのは、卿に講釈をたれるまでもないな」

エリザの言うとおりだ。

この程度の話常識だ。賢者の剣に聞かなくても、常識で頭に入っているレベルの話。

そんな常識をなぜ今エリザが……？

「そのカルス帝だが、生涯《しょうがい》一度も戦場に出たことはない。剣を振るって兵の一人を殺したこともない」

「はい……」

それもまた有名な話だ。

「卿の理屈を当てはめれば、カルス帝の功績はカルス帝のものではないということになるな」

「あっ……」

そういう話か。

「この灯り、そなたが命じて作らせた。そなたが方向性を示した、それは間違いないな」

「はい」

「であればこれはそなたの偉業だ。歴史はそうする」

「……」

「アレクサンダー卿」

エリザは私を見た。

いつになく真面目《まじめ》で、強い目で。

「歴史にそなたの名を刻みこめ、余はそれが見たい」

「……分かりました」

エリザの言うことも一理ある。

私はエリザの言葉を受け入れ、これを「アレクの光」という名前にすることを受け入れた。

すると、途端に。

――わあああああああ!!!

モレクの街に大歓声が起きた。

「見よ、民もそれを望んでいた。そなたの名を歴史に残すことをな」

エリザは、微妙にドヤ顔で歓声の説明をした。

06 ✦ 善人、100万人を連れて引っ越しをする

屋敷の大広間。

他の貴族などを招いてパーティーをする時くらいにしか使われないそこで、私は正装をして、片膝をついていた。

背後には父上、目の前は王宮で顔を見たことのある初老の大臣がいる。

大臣は詔書《しょうしょ》を広げ、朗々と読みあげる。

詔書は皇帝が私に下した命令。

カーライル領を離れ、辺境にあるアヴァロンという土地を開拓せよ、というものだ。

それだけなら何も問題はない。

賢者の剣の知識で、アヴァロンは神話時代楽園だったが、今は荒廃しきった土地だというのが分かった。

開拓か復興か、それを私にやってこい、という話だ。

「なお」

大臣が読みあげる詔書の文脈が急変した。

「目的は黙秘せよ、移動については徒歩で行うものとする」

「……黙秘に、徒歩？」

片膝をついて聞いていた私は首をかしげて大臣を見あげた。

大臣もそこには疑問を感じているようだが、軽く肩をすくめて。

「陛下が特にと命じられたことだ、何か真意があるのだろう」

「なるほど」

つまりは大臣も知らないってことだ。

まあいい、それは後で聞こう。

私は最後に一度頭《こうべ》を垂れて、

「ありがたき幸せ」

と言って、立ち上がって詔書を受け取った。

これで勅命《ちょくめい》は正式に受け取った、という形になる。

すると、任務を終えた大臣が、読みあげる時とは違って、フレンドリーな声で話しかけてきた。

「いやあ、さすが副帝――いや、国父陛下というところですな。陛下の信頼の厚さが文面からも伝わってきました」

「当然だ、何しろアレクなのだからな」

勅命を受けてる最中も、ずっと興奮気味に眺めていた父上が会話に合流してきた。

「アヴァロン、というのもまたいい。帝国中が、陛下が切り札を投入した、と見るだろう」

「まさしくそのとおりですな」

意気投合する父上と大臣。

二人は笑い合って、一緒に広間から出ていった。

あれ？　これって愉快な仲間たちが増えるパターン（?）なんて思った。

一人っきりになった広間で、私はメイドを召喚した。

影から現れたメイド、それはエリザだった。

メイド服に身を包み、手を体の前に揃《そろ》えて恭《うやうや》しく佇《たたず》んでいる。

事情を知らなければ一〇〇％メイドにしか見えない佇まいだ。

そんなエリザに聞いた。

「どうしてこんな勅命になったのかな」

「先日モレクの街においでになった陛下が」

と、前置きをしたエリザ。

メイドの格好の時の彼女は、自分《皇帝》のことでもこういう物言いをする。

「ご主人様の名を歴史に残したいと仰《おお》せになった。間違いなくその一環かと」

「それはわかるよ」

神話に名前が残ってる理想郷の開拓――いや再現だ。

その成功を待って、私の名を残したいのはあえて聞くまでもないこと。

「そっちじゃなくて、どうして歩いていけって言ったのかな。目的は誰にも教えるな、というのは分かるけど」

「さあ、一介《いっかい》のメイドには分かりかねますが、ただ」

「ただ?」

「そのとおりに行動すればすぐに理由が分かるのではないかと」

「なるほど」

本人がそういうのだ、間違いなく分かるんだろうな。

まあいい、勅命ならやるまでだ。

それに開拓なら、今までやってることと何も変わりはない。

私は思考を巡らせた。

まずは何をすればいいかと考えたら。

「父上に話をしなきゃね。徒歩で向かうのなら時間は掛かる。カーライル領を全部父上に戻さないと」

「……」

メイドエリザは何も言わずに、ペコリとお辞儀《じぎ》をした。

こうして、私はカーライル領の全てを父上に引き継ぎつつ、アヴァロンに向かう準備を着々と進めた。

☆

二週間後、出発の日。

カーライル家の屋敷に馬車が二台あった。

一台はアンジェとサンが乗っている。

もう一台にはシャオメイやミア、マリにリリーたちが乗ってる。

どれくらいで戻れるのか分からないから、私のゆかりのものは全員連れていくことにした。

エリザに確認を取ったら、私は徒歩だが、女たちは馬車に乗せていいと言われたから、この形になった。

ちなみにアメリアのようなメイドたちは影の中、アスタロトなどの神や天使は呼べば来るのでここにいない。

「では父上、母上、行って参ります」

庭で私を見送る父上と母上、二人に別れを告げた。

すると。

「くぅ、私もついていきたい！　アレクの勇姿を見たいぞ」

「ダメですよあなた。あなたにはアレクから預かったものを守り抜くという大事な使命があるのですから」

いえ母上、使命なんてそんな大げさな話じゃないです。

「そうだな！　うむ、私はこの時のために生まれてきたのに違いない」

だから父上、そんなに大げさな話じゃないです。

「あなた？　それは間違っていますよ」

「どこがだ、アレクの留守、これを預かる以上の重責はあるまい」

「あなたはアレクを生むために生まれてきた。それに比べれば今回のことは余禄《よろく》にすぎない、そうではありませんか」

「――確かに‼」

父上と母上のやりとり、もはやなじみとなり、しばらくは聞けないと思うとちょっと寂しいやりとりだった。

それをしばらく見守った後。

「では、行って参ります」

私はそう言って、両親に別れを告げた。

馬車を引く馬の尻を叩いて動き出させ、その真横についていく。

屋敷を出ようとした――その時。

「た、大変です！」

一人の男が血相を変えて駆け込んできた。

カーライル家に仕えている人間、モレクの街の治安を任せている役人だ。

そんな彼が屋敷に駆け込んできた。

「どうしたの？　何かあったの？」

「ひ、人です」

「人？」

「モレクの街の外に人が」

「……はあ」

人がいるからどうしたというのだろうか。

そもそも、モレクは街灯――アレクの光ができてからは帝国各地から観光客がひっきりなしにやってきてる。

街の周りに人がいない時の方が珍しいくらいだ。

「か、数えましたけど無理でした！　十万人はいると思います！」

「なんだって？」

これには、さすがの私もびっくりした。

☆

モレクの街の外に出ると、そこには報告通り、十万人を超す民がいた。

全員が旅支度《たびじたく》——いや。

引っ越しでもするのか、家財道具を担《かつ》いだり牛車《ぎつしや》などに乗せている。

そんな十万人を超す民の前に、私が姿を見せるなり。

「「「うおおおおお‼」」」

と、天地を揺るがすほどの大歓声が上がった。

連れてきた馬車の中からアンジェたちが顔をのぞかせて、十万人という威容に、一人残らず圧倒されていた。

「思ったよりも集まったわね」

「エリザ！」

街の中からお忍びの格好をしたエリザが現れた。

「これ、エリザがやったの？」

「ううん、あなたがやったのよ」

「僕が？　僕は何もしてないよ」

「今まであなたがやってきたことの結果よ、これは」

「どういうこと？」

「噂《うわさ》が流れたの、出所はカーライル公爵。アレクが新しい土地を開拓するためにしばらくここを離れる、って」

「父上……」

私は苦笑いした。

「アレクがいよいよ自分の領地を持つ、これからが真の飛躍の時だ、とね」

エリザはドヤ顔して、さらに続ける。

「それを聞いて集まってきたのがこの十万人」

やっぱり十万いるんだ。

「みんなアレクの民になりたいのよ。あなたについていけば、どんなところだろうと、次第に帝国最先端の栄えた土地になるという期待でね」

「なるほど」

話は分かった。

そういうことなら問題はない。

開拓で徐々に民を集めるつもりだったけど、最初からいっぱいついてくる。

むしろやりやすくなったといっていい。

一回は腐らせたが、その後も集め続けた結果、糧食は山ほどあるのだ。

問題はまったくない。

「あれ？　そういえば」

「なに？」

「口外するなというのは父上が言いふらすのを予見してのことだよね」

「ええそうよ」

「じゃあ徒歩でっていうのは？」

エリザはにやりと笑った。

かつてないくらい、得意げな顔をして。

「ここからアヴァロンまではいくつもの街を抜けていくの。たくさんの民の目に触れる。アレクサンダー・カーライルが、自分を慕《した》う民十万人を引き連れての民族大移動。間違いなく歴史に残るエピソードになるわよ」

「……なるほど」

☆

こうして、私は二台の馬車と、十万人規模の民を引き連れて出発した。

ほとんどエリザのもくろみ通りだったが、彼女に一つ誤算があった。

それはアヴァロンに着くまでに、噂を聞いて各地の民が次々と合流して。

最終的には二倍近くの数になった、ということ。

そして歴史は勝者が作るもの。

後世には、私が百万人の民をつれてものすごい大移動した、と書かれてしまうのだった。

07 ✦ 善人、十万人の道を作る

私は、二台の馬車と、十万人にのぼる民衆を引き連れて、目的地に向かっていた。

ちらりと背後を振り向く。

アップダウンのある野外の道。それがより、十万人という数を強調していた。

道をびっしりと、そして延々と埋め尽くす民衆の群れ。

自分のことながら、壮観だ、という他人《ひと》ごとじみた感想が頭に浮かんだ。

「ご主人様」

前方から一人のメイドが戻ってきた。

普段はしないが、十万人を連れているということもあって、メイドの何人かを先行させて、斥候《せっこう》のようなことをさせていた。

その一人が戻ってきて、私と向き合ったまま、後ろ向きで同じ速度で歩く。

「どうしたの？」

「このしばらく先にメンバー子爵がお待ちです」

「メンバー子爵？」

って、令嬢メイドの一人、アグネス・メンバーの父親か。

「その人がどうしたの？」

「国父様が領内をお通りとのことで、ご挨拶《あいさつ》に。とのことでした」

「なるほど。分かった。後は任せて。キミは影に戻って休んでて。代わりにアグネス」

私の命令を受けて、報告を終えたメイドは私の影にもぐって、代わりに件《くだん》のアグネスが影の中から出てきた。

「およびですかご主人様」

「先に行って、僕たちのおおよその到着時間を教えてあげて」

「かしこまりました」

「それと、お父さんに元気なところを見せてあげて」

「――っ、ありがとうございます！」

アグネスは感激した様子で、私にぺこりとお辞儀《じぎ》をしてから、先行していった。

「アンジェ、ちょっといいかな」

「はい、アレク様」

呼んだアンジェが馬車から降りてくる。

「お任せ下さいアレク様」

「ありがとうアンジェ」

アンジェを呼んだのは礼法のためだ。

この先でメンバー子爵が私たちを出迎える、多分貴族としての礼を尽くしてくる。

それに対する返礼として、まだそうじゃないけど、事実上の正妻であるアンジェを同席させることにした。

それをアンジェもしっかり分かっている。

アンジェと並んでしばらくそのまま進むと、メンバー子爵とアグネス、それに数百人となる兵士が待っているのが見えた。

メンバー子爵の前に足を止めた。

馬車が止まり、その後ろについてくる民衆もガヤガヤしながら止まった。

「お久しぶりメンバー子爵、サネット村以来かな」

「恐悦至極《きょうえつしごく》にございます」

メンバー子爵は頭を下げた。

背後の庶民《しょみん》たちがキョトンとしているのがちらっと目に入った。

今のやりとりの脈絡が分からない、っていうのが手にとるように分かる。

貴族同士の会話、私が国父《こくふ》という登りつめた地位にいるから、脈絡が繋《つな》がらなくても形式を優先する社交辞令になってしまうのだ。

そういうのは私はあまり好きじゃないから、ちゃんと内容のある会話をすることにした。

「メンバー子爵はどうしてここに？」

「一つは、国父様の出迎え。もう一つは……これは誠に恐縮なのですが」

「うん？」

「この民衆の行列の噂を聞いて、空前絶後の大移動を一度見ておきたいと思いまして」

「なるほど好奇心」

それは納得だ。

移動を開始した直後に、あらゆる知識を持つ賢者の剣に聞いてみた。

このような移動は今まであったのかと。

答えは「ない」だった。

そういうのを好奇心で見たいと思うのは理解できる。

「実際に目の当《ま》たりにして……いやはや、驚嘆《きょうたん》させられるばかりでございます。国父様のなすことはもう驚くまいと思っておりましたが、まだまだ甘かったと思い知らされましたな」

「僕も驚いてるよ」

さすがにね。

その場に立ち止まって、メンバー子爵と旧交を温め合う世間話をしていると、ふと、背後の民衆の中からメイドが駆けてきた。

急いでいる、しかし優雅でもある。

走ってきたのは、やはり令嬢メイドの一人。

チョーセン・オーインだった。

「ご主人様」

「なに?」

「混乱が起きております、いかがなさいましょう」

「混乱?　原因は?」

「けが人です。道悪のせいで足をくじいたものや、牛車などの車輪が道の穴にはまったなどでケガをするものが」

「道の穴?　そんなのなかったけど――いや」

言いかけて、思い直した。

先頭の私が通った時はそりゃなかっただろう。

しかし十万人の行列だ、しかもこの短期間でだ。

歩いてるだけで道がどんどん削《けず》られていく。

「どうなさいますか?　このままでは全体に影響が出てしまいます」

「うん、じゃあチョーセン」

「はい」

私は魔力球を作った。

最初に魔法を勉強した時に覚えた魔力球。

それを治癒《ちゆ》属性に作って、他人にも使えるように作った。

数は、ざっと一〇〇。

それをチョーセンに渡した。

「これを預ける。けが人がいたら治しておいて」

「わかりました」

かつての高慢さは鳴りを潜め、チョーセンは私の命令に忠実にしたがった。

一方で貴族令嬢としての気品は失われていない——むしろ控えめに属性が変わったが強くなっている。

いい方向性に成長してくれたと、ちょっと嬉しくなった。

「さて」

私は前を見た。

目的地のアヴァロンまでまだまだ遠い。

このままじゃ治してもけが人は出る。

出ないようにする必要がある。

「メンバー子爵、ちょっと前を開けて」

「はい……何をなさるおつもりで？」

「こうするの」

メンバー子爵とアグネス、そしてその兵士たちが横にどいたことを確認して、背中に背負ってる賢者の剣を抜き放って、横一文字《よこいちもんじ》に払った。

斬撃《ざんげき》が飛ぶ。

私が進む道は斬撃で綺麗《きれい》に、真っ平らにならされた。

「おお！　ものの一瞬で。このような道の整備は初めて見ましたぞ」

「これをやりながら進めていくよ。道がちゃんとしてればケガをする確率もさがるでしょ」

「なるほど、さすがでございますな」

「あの、アレク様」

それまでずっと、礼法をわきまえて黙っていたアンジェが口を開いた。

「なんだいアンジェ」

「アレク様がそうやって道を整備しながら進むのはいいですけど、でもやっぱり十万人が通ると道は途中でダメになってしまうと思います」

「それなら」

私はアンジェににこりと微笑《ほほえ》んだ。

やっぱりアンジェは心優しい、いい子だ。

「僕たちが初めて魔法を勉強した時のことを覚えてる？」

「はい、アレク様とのことならなんでも覚えてますが」

密かに嬉しいことを言ってくれる。

「その時、物質変換をならったよね」

そう言って数歩進んで、しゃがみ込んで斬撃でならした道路を中指の関節でコンコン叩く。

澄んだ、綺麗な音がした。

「作ったのと同時に物質変換してる、ちゃんと硬くしたよ」

「本当だ……さすがアレク様です」

「いやはや、アンジェリカ様もさすがのお優しさですが、それを先回りする国父様のご遠見《えんけん》、敬服いたしましたぞ」

「……」

「どうしたのアンジェ？　道を見つめたまま難しい顔をして」

「あの、アレク様」

「なんだい？」

「もっと、柔らかくできませんか？　すごく硬いと、歩いて足が痛くなっちゃうかもしれません」

「そっか、靴《くつ》も硬いと足痛くなるもんね」

「はい」

「頑丈で、柔らかい方がいいね。ゴムに近い感じで」

私は少し考えて、アンジェの提案を頭の中でまとめて、賢者の剣に聞いた。

そして、改めて剣を振り、道をアンジェの要望に添った材質に変えた。

「これでどうかな」

「はい！　大丈夫だと思います！」

アンジェは嬉しそうに微笑んだ。

優しいアンジェの頭を思わず撫《な》でた。

SSSランクの人生で一番幸せなのは、アンジェに巡り会えたことかもしれない。

そんなアンジェのアドバイスで。

十万人の民衆のケガはこの先、ほとんどなくなったのだった。

08 ✦ 善人、戦わずして勝つ

十万人の民衆を引き連れて、アヴァロンに向かってさらに進む。

伸びきった十万人はかなり目立った。

メンバー子爵のように、途中で貴族が出迎えたりした。

通り過ぎた農業地帯は、農民たちがみんな手を止めて何事かと見つめてきた。

「これもエリザのもくろみだね」

「お姉様の？」

つぶやくと、馬車から降りて並んで歩いてるアンジェが反応した。

「都会に比べて、農民たちは日常の娯楽《ごらく》が少ないんだ。その数少ない娯楽の中に、噂話《うわさばなし》をするっていうのがある。人と人がより密接に結びついてる証拠でもあるんだけどね」

「噂、ですか」

「そう、噂。そして農民たちの噂は大げさに化けていくという傾向があるんだ。これを見て、多分百万人とか、一千万人とか、噂でそれくらい数が膨《ふく》らみ上がると思うよ。エリザはそれを狙ってるんだ。僕のでっかい噂をつくるためにね」

「なるほど！」

「貴族たちが出てくるのも計算通りなんだろうな。農民たちだけの噂なら信憑性《しんぴょうせい》はないけど、貴族たちがみんな自然と証人になる」

「さすがお姉様です」

「そうだな」

完全にエリザの狙い通りに事態が進んでる気がする。

ここまでくるといっそ清々しい。

「ご主人様！」

背後からメイドの声がして、足を止めて振り向いた。

息を切らせて、汗だくのメイドが駆け込んできた。

「どうしたの？」

「と、盗賊《とうぞく》です。後方で民衆が襲われてます」

「盗賊？」

「はい！　民衆の財産とか、ご主人様が分配した糧食などを奪ってます」

「……そう」

話を聞いて、眉《まゆ》をひそめた。

糧食とは、私がアレクサンダー同盟領で集めていた糧食だ。

ついてくる十万人の民の道中用にあらかじめ分配していたもの。

使う時にいちいち配ってたんじゃ効率が悪いと、予定した日数分をあらかじめ配ってた物だ。

なるほど、十万の民衆、その財産と糧食。

盗賊からすれば美味《おい》しい獲物に見える訳だ。

「退治してくる。危険があるかもしれないからアンジェは馬車の中に戻ってて」

「大丈夫です、アレク様がいるのですから危険はありません」

私を信じ切ってくれるアンジェ。

その瞳にわずかな迷いもない。

「そっか。じゃあすぐに戻ってくるから、ここで待ってて」

「はい！」

頷《うなず》くアンジェ。私は大地を蹴《け》って、民衆の列を逆走して戻っていった。

長蛇の列を数キロ戻ったところで、騒ぎが見えてきた。

武装した野盗の一団が文字通りの略奪を行っている。

列の前が逃げて、後ろが止まってて。

盗賊たちに完全に分断されている。

けが人も出ている、猶予《ゆうよ》はない。

私は賢者の剣を抜き放って、さらに速度をあげて飛び込んでいく。

「そこまでだ！」

腹の底から、魔力を乗せてブーストした大声を出した。

それによって民も盗賊も動きが止まった。

民から何かを取り上げようともつれ合っている盗賊の一人に斬《き》りかかった。

その盗賊が私に反応して、民に向けてた剣を私に向けた。

斬り結んで、そのまま押し返して、盗賊と民の間に割って入る。

歓声が上がった。

私が救援に駆けつけたことで、民から安堵《あんど》と歓迎が入り混じった大歓声が上がった。

その歓声を背にして、盗賊と向き合う。

私が現れたことで、盗賊たちが集結。

数は百弱、意外と多い。

さてどう追い払うかと考えたところで、一番近くにいた盗賊が二人飛びかかってきた。

前方を左右から飛び込んで、長剣で斬りかかってくる。

賢者の剣で弧を描く。

二人の斬撃《ざんげき》を払いつつ切っ先を誘導して、さっきと同じように押し返す。

押し戻され、着地した盗賊は、ケガもなければ剣も折れてない、不思議な剣術に押し戻された――という感覚で、顔がみるみるうちに赤に染まって、怒り心頭に発した。

さらに飛びかかってこようとしたところ。

「待ちやがれ！」

野太い声が二人を止めた。

盗賊の集団が割れて、中央に一人の男が立っていた。

ヒゲを生やしている、雰囲気《ふんいき》のある男。

リーダーだろう。

彼をなんとかできれば無駄な戦いはしなくてすむ。

私は刺激しないように心がけて、男の出方をうかがった。

いろいろ想定して、対策をあらかじめ考えておく。

が、想定外の反応がきた。

「眉目秀麗《びもくしゅうれい》の少年貴族、宝石の入った装飾剣。あなたはもしやアレクサンダー様では？」

一喝《いっかつ》して部下をとめた時は荒々しい口調だったのに、私には恭《うやうや》しい態度で、聞いてきた。

「うん、僕がアレクサンダー・カーライルだよ」

「おぉっ！」

男は目を見開いた、部下たちもざわついた。

次の瞬間、私は思いっきり驚かされた。

なんと、盗賊の一団が全員、私に跪《ひざまず》いてきたのだ！

「どういうことなの？」

「威名《いめい》はかねがね、いつかお会いしたいと思っておりました」

「僕に会いたかった？」

「はい。アレクサンダー様のお力、知恵、何よりその人徳。密かに憧れておりました」

リーダーの男が頭を下げる。他の盗賊たちは強い眼差《まなざ》しで私を見る。

「おい！」

「へい！」

男があごをしゃくると、盗賊たちが奪ったものを返してきた。

「アレクサンダー様の行列とは知らず、大変失礼を」

一連の流れ。

それを見ていた民から歓声が上がった。

「戦わずに解決した」

「向こうから返してきたぞ」

「すげえ、さすが国父様《こくふさま》」

ざわざわしてるのを背に受けつつ、男に聞く。

「……どうしてこんなことをしてるの？」

「必要に迫られて。数年前の飢饉《ききん》で」

「なるほど」

短い言葉ながら、おおよその見当はついた。

生まれが良くても、一度の飢饉で落ちるところまで落ちてしまうケースは歴史で良くみる。

同時にもう一つ。

短い言葉で過不足なく伝えてきた。

男は潔《いさぎよ》いし、知識も知恵もあるタイプ。

多分、盗賊に堕《お》ちる前はそれなりの知識人だったはずだ。

「大変、失礼をいたしました」

そう言って、立ち去ろうとする男たち。

「待って」

「なんでしょう――ああ、これは失礼。アレクサンダー様に失礼を働いた落とし前がまだでしたな」

男はそう言って、部下に目配せをして、剣を受け取った。

それをそのまま自分の腕の付け根に振り下ろす――。

ガキーン。

とっさに賢者の剣を出して、それを払った。

「何をなさるので」

「そういうのはいいから。それよりも聞きたいことがある」

「はい……なんなりと」

「ちゃんとした職業に戻る気は？　見た感じ農民の出が多いけど」

「土地も農具も、種籾《たねもみ》を買う金もありません。だからこうして元手のいらない商売をしているのです」

元手のいらない商売——盗賊か。

面白い言い回しをする。

「そういうのは全部僕が用意する」

「……我々は既にたくさんの悪事に手を染めた」

「だからこそだよ」

そう、だからこそだ。

悪党でも、少なくとも改心するつもりがある人間なら助けたい。

「どうかな」

男たちは互いに顔を見合わせた。

やがて、全員が私の前に跪いた。

「全て、アレクサンダー様に従います」

戦わずして盗賊を帰順させたことで、民からさらに歓声が上がった。

09✦善人、何もしなくても治安を改善する

日がおちて、民衆ともども野営をした。

先頭にいる私は広いテントを張って、連れてきた女性たちをその中に休ませた。

私はテントの外で、熾《お》こしたたき火のそばで、メイド長のアメリアから報告を受けていた。

「本日の暴行は三件、窃盗《せっとう》ならびに強盗は二件、その他一件で、犯罪に相当するものは計六件となります」

「うん」

頷《うなず》く私。

アメリアから報告を受けているのは、ついてきた民衆のトラブルのことだ。

十万人もいればこういうことがそこかしこで起きる。

特に旅も長くなってきて、疲労やら気が立ってくる人やらで、あっちこっちで諍《いさか》いが起きるようになった。

放っておく訳にはいかない、何か対策を講じなければ。

「どうしますか？　魔法の手錠《てじょう》をつけるのでしたら全員捕まえてきますけど」

「それは我らに任せてくれないか」

男の声が割り込んできた。

たき火の向こうで顔が赤く照らし出される中年の男。

ちょっと前に説得して、帰順してきた元盗賊《とうぞく》のリーダー。

ガイ・リトルウイナーという名前の男だ。

「任せる？」

「荒事、汚れ役はどうか我らに」

そう言って私を見つめるガイ。

なるほど、そういうポジションなら確保できるって思ったんだな。

私は少し考えた。

厳罰をもって犯罪を阻止するのも良いけど、エリザが私の「人徳」をこの旅で天下に見せつけようとしている。

それに乗っかった策が良いな。

マジックカフスをはじめとする魔法でもいいけど、ここはもっと――。

私は少し考えて、アメリアとガイに言った。

「アメリア、問題を起こした人たちは把握《はあく》してるんだよね」

「はい」

「じゃあそれをガイに教えて。ガイ」

「はっ」

「全員まとめて、この民衆の最後尾に連れていって」

「……最後尾、ですか？」

訝《いぶか》しむガイ。

「うん、最後尾に。方法は任せるけど、最後尾に固定して、それより前に出さないこと」

「……承知」

ガイはどういうことか分からなかったが、食い下がらずに、アメリアから話を聞いて立ち去った。

「で、アメリア」

「はい」

「問題を起こした人たちは、食糧の配給をはっきり最後にして」

「減らすのですか？」

「ううん、そこまではいい。はっきりと最後にするだけでいいよ」

「わかりました」

アメリアはガイに比べて迷いはなかった。

私のメイドになって長い分、私を信頼してくれてるのが振る舞いで分かる。

その信頼に応えなきゃな。

☆

数日後、民衆を引き連れて進行していると、隣にそっとアメリアが並んできた。

「アレク様」

「うん？　どうしたの？」

「ご報告ですが……ここ数日の間、問題はまったく起きてません」

「そっか、よかった」

「アレク様、何かをなさったのですか？」

「そう思う？」

横を歩くアメリアを見て、にこりと笑う。

私が何をしたのかもしれない。でも、何をしたのかまったく分からない。

アメリアまでそう思うのなら、今回のことは成功したってことだ。

理解できない、見えない物事ほど想像を膨《ふく》らますからね、人々っていうのは。

が、対外的にはそれでいい。

信頼してるアメリア、困り顔のアメリアには打ち明けてやらなきゃって思った。

「アメリアは、無敵の人って知ってる?」

「アレク様のことですか?」

即答するアメリア。

それもまた信頼だけど、私は微笑《ほほえ》みながら否定した。

「違うよ。失うものがなくて、それで破れかぶれになる人のこと」

「なるほど」

「例えば、リリーとマリ。ちょっと前に雇った二人。この二人が今、盗みとか、犯罪を犯すと思う?」

「思いません」

アメリアは即答した。

「なぜ?」

「それではアレク様に見捨てられるから」

「うん」

厳密には見捨てないけど、まあ今はそういう話じゃない。

「そういうことなんだ。人って無意識に計算しちゃうものなんだ、犯罪を犯して得るものと、失う物を天秤《てんびん》にかけて。でも無敵の人は失う物がない、だから平気で犯罪を犯せる」

そこまで言って、ちらっと背後を向いた。

私についてくる民衆、ほぼ全員が目に希望の灯りをともらせている。

「今ついてくるみんなは僕に期待してる、僕についてきたら生活が楽になるって」

「間違いなくそうなります」

「ありがとう」

また信頼、それに微笑み返しつつ。

「言い換えれば、僕に見捨てられるのは怖いはずだ。そして僕は、罪を犯した人たちを最後尾に固定させた。見捨てなくても、順番は最後になるよ、というメッセージをつけて」

「なるほど！　アレク様の理想郷、だれでも早く入りたいですよね！」

アメリアは理解したみたいだ。

「そういうことだね。犯罪をした人を後ろに、場合によっては追い返すかも。そういう噂《うわさ》を流すだけで――アメリアが今見てるような、犯罪率が下がる状況になるよ」

「なるほど、さすがアレク様です！　魔法も力も一切使わず、罪人を最後尾に連れていくだけで犯罪を抑制するなんて」

アメリアは感心した。

中からでも説明しなければ分からないようなことなら、外から見てもますます分からないだろう。

そして実際、この後アヴァロンに辿《たど》り着くまでほとんど犯罪らしき犯罪が起こらず、私が何か力を行使した痕跡もまったくなく。

何もしてないのに犯罪がなくなった、とエリザの望む方向性で名声が上がったのだった。

10 ✦ 善人、新薬を開発する

A good man, Reborn SSS rank life!!

「アレク様、ご報告が」

夜、この日も野営していると、メイド長のアメリアが私のところにやってきた。

深刻そうな表情をしている。メイド長になって冷静さを身につけつつある彼女にしては珍しい表情だ。

「うん、なに？」

「実は、行列の中ほどに流行病《はやりやまい》が蔓延《まんえん》している疑いが」

「……なるほど」

これもいつかくるとは思っていた。

十万人もいれば、これほど大勢の人間がずっと固まっていれば、流行病とか伝染病とか、そういったものも時間の問題だと思っていた。

だから私は慌てず、アメリアに聞き返した。

「どういう状況なの？」

「病人はある程度一箇所《かしょ》にまとめてます。医者もいますが、見たことのない症状とかで」

「なるほど……じゃあ案内して」

「――はい！」

アメリアの案内で行列を引き返していった。

「アレクサンダー様――！」

「国父様《こくふさま》‼」

アメリアに案内されて引き返す道中、同じく野宿してる民衆から次々と歓声を送られた。

その歓声は次第に大きくなる。

病人が集まってる、隔離されたところに近づけば近づくほど、歓声がどんどん大きくなる。

やがて、行列から枝分かれしたかのような、数十メートル離れた大きなテントに連れてこられた。

「これはひどいね」

テントの中は寝かされている病人がいっぱい、ざっと見渡すだけでも一〇〇人以上はいた。

「ああっ！　これは国父様！」

看病している中年の男が私とアメリアのところに駆け寄ってきた。

「あなたは？」

「レッド・オーシャン。医者をやっている者です」

「そっか。原因は把握《はあく》しているの？」

アメリアから報告を受けているけど、状況が変わってるかもしれないからもう一度聞いてみた。

「恥ずかしながら……」

「なるほど」

やっぱり分からないままか。

私は一番近くにいる病人を見つめた。

病人は苦しそうに呻《うめ》いたかと思えば、そばにあるお盆を摑《つか》んでそこに吐いた。

吐きすぎてもはや吐けるものもなく、水すら吐けずにただえずいているような有様だ。

さらには下痢《げり》もしてるらしい。

他の病人も同じような症状で、テントの中は阿鼻叫喚《あびきょうかん》な有様だ。

「まずは原因をはっきりさせよう」

「国父様は医学の心得もおありなのですか？」

中年の医者は驚いた。

「厳密には違うけど、まあ見てて」

私は身をかがめて、苦しそうにしてる病人から髪の毛を一本抜いた。

「国父様！　触れるとうつる可能性が——」

「静かに、見ていて下さい」

私を止めようとする医者を、アメリアがそっと引き留めた。

行動はやんわりと、だが、口調と表情は有無を言わせない強いものだ。

気圧《けお》された医者は、どうしていいのか分からず、結果的に動きが止まった。

その間も私は行動を続けた。

病人の髪の毛を使って、素材袋から引き出した必要素材を合わせて、病人のホムンクルスを作った。

そして――比較。

病人本人と、髪の毛をベースに作った、本人とまったく同じ肉体を比較した。

ホムンクルスは本人の「基礎」だ。

それと比べて本人は「余計な物」がある。

比較して、その余計な物を――ホムンクルスに比べて増えてる物を突き止めた。

病人の下腹部が光った。

光にそっと手を当てると、光が私の手に乗り移った。

やがて、光が収まって。

「なっ！」

私の手のひらの中に残ったものを見て、医者が驚愕《きょうがく》した。

「虫だったね」

手のひらにあるのは虫、寄生虫だった。

それがうじゃうじゃとうごめいている。

「お腹に寄生虫、ってことは水かな、原因は」

「……」

「どう思う？」

「え？　ああっ！　そ、そうですね！」

絶句していた医者、さらに聞いてみると、彼はハッと我に返った。

「そうだと思います」

「うん、この虫なら――」

現物が目の前にあるなら、対処は簡単だ。

虫の名前と、その対処法を賢者の剣に聞く。

この世界に存在しているありとあらゆる知識を持っている賢者の剣。

すぐに虫の名前と、それを体から駆除《くじょ》するための薬の作り方の知識を私に教えてくれた。

「……」

私は少し考えて、薬を作った。

素材袋に手を入れて、必要な材料で薬を作る。

次に手を出した時には、手のひらに豆粒大の丸薬《がんやく》がわしづかみできるくらいに、数百個あった。

「これをみんなに飲ませて」

「分かりました！　すぐにここにいる人たちに飲ませます」

「ううん、みんなに」

手をかざすと、アメリアが近づいてきた。

そのアメリアに丸薬を全部手渡して、もう一度素材袋に手を入れて、同じ数の丸薬を作って取り出す。

最初の分だけでも既にここにいる患者の数を上回る数だったのだが、そこからさらに追加だ。

私の言葉と、そして行動。

それを見た医者が首をかしげた。

「みんな、ですか？」

「うん」

もう一度アメリアに渡して、三回目の薬を作った。

「もちろん発病した人優先だけど、してない人にも飲ませて」

「虫への耐性をつけるわけですね」

納得顔の医者、それは彼の医学の常識からの判断だろうけど。

「違うよ。この薬、体の中にこの虫がいなければ効果を発揮しないで、体の中に残るだけ。それで虫が入ってきたら効果を発揮する」

「えっ？」

驚く医者、ぽかーん、って顔をする。

「残るとは？　消化や排泄《はいせつ》は？」

「しないよ」

「そ、そんな薬聞いたことが……」

唖然《あぜん》とする医者。

「今作った物だからね」

最近、私の考えに少し変化があった。

あらゆる知識をもってる賢者の剣、しかしそれは「今ある知識」だ。

アレクの光——あの街灯の開発以降、私は「もう一歩先へ」と思うようになった。

この薬もそう。

今治すだけじゃない、将来も治す。そう思って作った薬だ。

「さあ、どんどん作るから、みんなに配ってきて」

「は、はい！」

自分の医学の先をいかれた医者は、尊敬の眼差《まなざ》しで頷《うなず》いたのだった。

11✦善人、才能を引きつけてしまう

A good man,Reborn SSS rank life!!

「まったく、医者の不養生《ふようじょう》って笑い話にならないよ」

小さめのテントの中、医者が青い顔で寝込んでいた。

見舞いに来た私に医者は肘をついて起き上がろうとするが。

「起きなくていいから。というか――」

医者のそばで看病をしている女性――奥さんらしい人に向かって。

「こういう人？」

「はい、こういう人間なのです。医者気質と言ってしまえばそれまでなのですが……」

「じゃあ縛《しば》りつけといて。それから今後は僕には一切礼法とかなくていいから」

最後は貴族・国父《こくふ》として、命令口調で言い放った。

それでも医者の男はなにか言おうとしたが、彼の奥さんは軽く頭を下げて。

「ありがとうございます。ほら、国父様の命令に逆らうの？」

と言って、医者を黙らせた。

民衆の行列に寄生虫の伝染病が大流行して、それに忙殺された医者が倒れたってことで見舞いに来た私。

まさか薬が効かなくて？　あるいは寄生虫に変異が？

とか色々思ってやってきたら、そこにいたのは誰の目にもはっきりと分かる、過労で倒れた医者の姿だった。

私は拍子抜けした。

「あまり長居すると却《かえ》って良くないね」

「申し訳ありません。ちゃんと休ませますから」

奥さんはそう言って、ペチッと夫の頭を軽くはたいた。

二人の力関係が垣間《かいま》見《み》える、これなら任せても大丈夫だろう。

私はそう思って、食糧袋に手を入れて、作った豆粒大のものを取り出して、奥さんに渡した。

「これはなんですか？」

「名前はまだつけてないけど、一言で言えば『すごく消化が良くて栄養のある食べ物』だよ」

「わかりました。体が回復してきたら食べさせます」

「うん」

医者の奥さんだからか、それとも元々賢い女《ひと》だからか。

彼女は私が渡したものの意味を理解して、一瞬で最高の使いどころを答えた。

そんな医者夫婦を置いて、私はテントを出た。

外は民衆が進行している。

十万人の列というのは、先頭と最後尾は日単位で離れているもので、病気で倒れてテントで休んでても行列からは「置いていかれない」ものだ。

そんな行列をなんとなしに眺めていると。

「あれはダメなタイプの善人ね」

「エリザ」

横に並んできたエリザ。

格好はいつものお忍びのものだった。

「追いついてきたの？」

「歴史的な旅だもの、一緒にいれる時はなるべくね」

「なるほど。それよりもダメなタイプの善人って？　善人は良いことじゃないの？」

「それは次の人生。善人だったら最後の査定でランクを高くされて、次の人生は報われるのは確実」

「うん」

「でも、いい人だからって、今世で報われるとは限らないでしょ」

「それは……そうだね」

なんでだろう、となんとなく考える。

答えが出る前に、エリザが説明してくれた。

「あの手の善人は、自分の限界を超えても無条件に与えるから、悪い人間がたかってくるものなのよ」

「なるほど」

「それに比べればアレクは違う。出せる分だけ出しつつ、一方で自分の回復や成長をちゃんとする」

「……うん、そうだね」

「そうすると枯れない、そして食い物目的じゃなくて、自分も成長できればっていう人間が集まってくる。あなたの周りにそういう者が次々と集まってるはずよ」

「なるほど、たしかに」

言われてみればそうだ。

私の周りにはできる人がたくさん集まっている。

エリザの言うとおり、才能があって能力がある、そういう人間は少なくない。

「長々と理屈をこねたけど、一言でまとめられる話なのよ」

「一言？」

「人徳」

エリザはにこりと微笑《ほほえ》む。

「アレクの人徳が人を引き寄せてるのよ。目に見えないけど、地味にすごいことよ」

「てっきり生まれの、魂のランクのおかげだと思ってたよ」

「馬鹿ね、アレクは」

「馬鹿かな」

「あなたの言葉を借りれば皇帝はSランク」

「うん」

「Sランクで好循環が常に生まれるのなら、生まれ変わるときFになる暴君は生まれないはずよ」

「なるほど」

「あなたの能力は前世の善行、でも、あなたの周りに人が集まってるのはあなたの人となりのなせるわざよ」

エリザはそう言いながら、進行を続ける民衆を見た。

言外の声が聞こえる。

人間が集まる。

質だけじゃなく、量もそう。

十万人の民衆は、私の人となりが集めたもの。

エリザがそう言いたげなのが聞こえてきそうだ。

「それを言いに来たんだね」

「ちょっと違う」

「うん？　どう違うの？」

「見に来たのよ」

「見に」

「これを、あなたのすごさを見に来たのよ」

エリザはそう言い、民衆とそして私を。

それを見る目が、次第にうっとりとなっていった。

12 ✦ 善人、土地を浄化する

「止まって」

私がそう言いながら立ち止まると、まず二台の馬車が止まって、それから後ろについてくる民衆が止まった。

「どうしたんですか、アレク様」

馬車から飛び降りて、アンジェが私のそばにやってくる。

「あれ」

「空に何が……わわっ！　すごいゾクッとしました」

アンジェは両腕で自分を抱きしめた。

言葉通りぶるっと身震いしたのは、それが視覚的にもはっきりと出ているからだ。

進行方向の先、空に禍々《まがまが》しく暗雲が立ちこめていた。

通常の悪天候とかでは決してない。

もっと、禍々しい何かだ。

「みんな、出ておいで」

召喚に応じて、私の影からメイドが全員出てきた。

ちなみにドロシーとロータスは影の中にいるまま。

この二人はメイドたちとはまた別枠《べつわく》で、個別に呼ばないと出てこない。

私はメイドだけ呼び出した後、彼女らに振り向き、先頭に立つメイド長のアメリアに言った。

「何かあるかも知れないから、僕が先行する。列は任せるよ。アメリアの判断で指揮して」

「かしこまりました。大丈夫になったら追いかけます」

「うん」

「アレク様！　私も連れてって下さい！」

一人で先行しようとする私に、アンジェが同行を申し出てきた。

正直気配が禍々しいが、それを一目で身震いするほど感じたアンジェが、それでもと言ってきたのだ。

「うん、一緒に来て」

「はい！」

嬉しそうな笑顔をするアンジェ。

そんなアンジェを連れて、二人と一緒に先に進む。

空気が、雰囲気《ふんいき》が徐々に悪くなっていった。

「なんか、怖い何かがあるみたいです」

「うん、僕もそう感じてる」

アンジェの感覚は鋭い。

道中、どんどん環境が悪くなっていった。

ただ荒れてるだけじゃない。

草木は枯れ、沼は紫色の毒沼になってる。

至るところに、人間が吸い込めばそれだけで病気になったりする瘴気《しょうき》が立ちこめている。

何よりアンジェが感じた通り、この先には「何かが」ある。

「あの……アレク様」

「うん？」

「間違ってたらすみません。そろそろ、アヴァロンに着くっておっしゃってませんでした？」

「うん、昨日の夜、地図を確認したら、そろそろだって」

「もしかして……ここが？」

「いいことに気づいたねアンジェ。うん、地理的にはもう『アヴァロン』って呼ばれる地域に入ってる」

「あぁ……」

アンジェが声を漏《も》らした。

やっぱりそうか、なのと。

ここが理想郷と呼ばれたアヴァロン（？）なのと。

その二つの感情がない交ぜになって漏れた声だ。

私も驚いている。

開拓が必要な場所だって聞いたから、ある程度は覚悟してきたけど、それよりも遥《はる》かに悪い状況らしい。

進んでいくと、一際《ひときわ》開けた場所に出た。

「うっ……」

アンジェが口を押さえて、少しふらついた。

そんなアンジェを抱き留めて支える。

「大丈夫？」

「ごめんなさい、アレク様」

「気にしないで。それよりも大丈夫？」

「はい、大丈夫です……それよりもここ、ひどいです……」

「ああ」

頷《うなず》く私。

目の前に開けた光景、それは禍々しさに気づいて、アンジェと二人っきりでここに来るまでの道中で想像してたのよりさらに悪かった。

まるで――地獄。

空は黒く、稲妻《いなずま》が時々落ちている。

腐った動物の死体がそこかしこに転がっていて、あっちこっちの地面から蒸気とも瘴気ともつかない何かが噴きだしている。

荒れ果てた毒々しい大地。

とても、人間が住める場所じゃない。

「ひどいね」

「はい……」

「うーん、ここまでなのは予想外すぎる、どうしたもんかな」

私は考えた。

さすがにこれは……ってなったところで。

「またか、人間ども」

「え?」

私でもアンジェでもない、初めて聞く声がした。

怨念渦巻《おんねんうずま》く声。その声に振り向くと、毒沼のような色をした湖から、人魚(?)のような生き物がいた。

「ひっ！」

疑問形なのは、半分程度しか原形を留めていないからだ。

体のあっちこっちが腐り落ちてて、骨まで見えている状況。

下半身なんてほとんど骨だが、ぎりぎりで肉が一部だけ体に残ってて、魚のようなものだって分かる。

正直、なんで生きてるのかが不思議な存在だ。

「あなたは……幽霊？　それとも神様？」

たずねる私。

あんな有様で生きている相手、人間とかモンスターでは決してあり得ない。

「さえずるな人間。ここから出てゆけ」

「……人間が憎いの？」

「出てゆけ！」

会話が通じなかった。

片方しか残ってなくて、しかも濁《にご》りきった目で私に飛びかかってきた。

「アレク様！」

「アンジェは僕から離れないで」

「――はい！」

アンジェをかばいつつ、飛びついてきた人魚の攻撃を賢者の剣で受け止めた。

素早く、重い一撃。

足が地面に少しめり込むほどの重さ。

だが――後が続かなかった。

私に攻撃を防がれた直後、人魚はその場で崩れ落ちた。

息も絶え絶えで、まさに死にかかっているようだ。

「大変！」

アンジェが前に出て、人魚の前にしゃがんだ。

手をかざして、治癒《ちゆ》魔法をかける。

Sランクの魂を持つアンジェ。

長年カラミティ相手に治癒魔法の鍛錬をしてきた結果、治癒魔法なら私に負けず劣らずの使い手にまで成長した。

しばらく様子を見て、治癒魔法が逆効果じゃないことだけを確認してから。

「アンジェ、その人はアンジェに任せる」

「はい！」

アンジェは意気込んで、さらに治癒魔法を掛ける。

逆効果でないのなら後はアンジェに任せて平気だ。

それよりも、と私は周りを見た。

アンジェが回復魔法を人魚に掛けた結果、周りで渦巻いてる瘴気とかが人魚の体から追い出されて、顔色が良くなったのを確認している。

それはつまり、耐えられはするが、根本的にこの環境が人魚にとっても良くない環境だということだ。

ならば、改善する。

何故、問答無用で襲ってきたのかは知らない、「人間」に敵意を剝《む》き出《だ》しにするのかも知らない。

知らないが、この環境が良くないことだけは分かる。

賢者の剣を地面に突き立てて、この地全体を探る。

「……」

眉間《みけん》が思いっきり寄ったのが自分でも分かった。

神クラスの力を感じた。

その力は地中深くで作用し続けてて、瘴気や毒といった、負のものを生み出し続けている。

つまり、この土地の有様は一種の神罰だ。

それは――控えめに言っても気持ちのいいものではなかった。

何があったのかは知らないけど、土地そのものにこんなことをするのは気分が悪い。

「賢者の剣」

『応』

珍しく、呼びかけから始まった。

地中深くで作用している神の力は、本腰を入れなければならないほど強力なものだ。

賢者の剣を突き立てたまま、目を閉じて魔法陣を広げて、力を高める。

地中深く埋まっている神の力に向かって意識を伸ばして――力をぶつける。

浄化。

力の強さは神クラスだが、完全に負の力だ。

そこに賢者の剣――ヒヒイロカネで増幅して正の力を注ぎ込んで浄化する。

負の力から抵抗を受けた。

果物を切ったら中央に種があった、そんな感じの抵抗。

さらに浄化の力を高めて注ぎ込むと、私の力がそれを呑《の》み込んだ。

目を開く。

向こうを浄化した後、あふれ出した私の力。

それが地上に出てきて、毒沼などの穢《けが》れたものも浄化していく。

毒や死体など、それらは分解され、光となって空に昇っていく。

よし、これでいい。

これならあの人魚も苦しむことなく普通に住めるようになるだろう――

――おおおおお‼

ビクッとした。

背後からいきなり大歓声が聞こえてきて、ビクッとなるくらいびっくりした。

振り向くと――民衆がいた。

止めておいた民衆が何故かやってきて、見渡す限り全員が瞳を輝かせて歓声を上げていた。

どういうことだ？　と、私は先導するアメリアに向かって言った。

「どうして連れてきたの、アメリア」

「ご主人様が何かを始められたと魔力で感じましたので」

なんでもないことのように言い放つアメリア。

しばしきょとんとしてから、アメリアの言葉を思い出す。

『かしこまりました。大丈夫になったら追いかけます』

私が何かをやり始めたから大丈夫だと判断したのか。

「その判断はどうかな」

「ご主人様ですから」

アメリアは、完全な信頼のもと、あっさりと言い放ったのだった。

13✦善人、許嫁を育成する

民衆の歓声が続く。

その歓声は波になって、徐々に後方に広がっていく。

噂《うわさ》はあっという間に広がっていき、何も見ていない者まで歓声を上げるようになった。

しばらく収まりそうにないから、アメリアにひとまず任せて、アンジェのところに戻った。

アンジェの治療は最終段階に入っていた。

意識がないままぐったりしている人魚だが、肉体が、少なくとも見た目的には修復されている。

肉が溶け、骨が見えるくらいこそげ落ちてボロボロの肉体が元に戻っている。

「……ふう」

治癒の光が収まって、アンジェは手の甲で額に滲《にじ》む汗を拭《ぬぐ》った。

「お疲れ様、アンジェ」

「アレク様！」

声を掛けられたアンジェは嬉しそうに私の方に駆け寄ってきた。

「もう、治ったみたいだね」

「見えるケガは一通り……多分大丈夫だと思いますけど……」

私は人魚に近づき、しばし見つめる。

「うん……これならもう大丈夫。アンジェはもう少し自信を持っていいと思う」

「自信ですか……？」

目を見開き、きょとんとするアンジェ。

控えめなのはアンジェが持つ美徳の一つだが、そろそろ、いくつかのことで自信を持ってもいいと思う。

そういう、アンジェが見たい。

「僕が保証する、アンジェの治癒魔法は世界でも屈指だよ」

「そんな……」

「僕が信じられないの？」

「えっ⁉　いえ、そんなことは――」

アンジェはあわあわした。

「それなら良かった。断言するよ、アンジェは世界でも六本の指に入る。治癒魔法ならね」

「六本の指、ですか？」

困惑顔のアンジェ。

六本の指なんて表現、普通はしないものだ。

「うん、六本。僕がいなかったら五本の指に入ってたね。残念」

「残念じゃありません！　アレク様にかなわないのは当たり前です」

「そっか。じゃあ頑張って僕以外の誰かを抜いて、五本の指に入るようにならないとね」

「――はい、頑張ります」

胸もとで両拳を揃える小さなガッツポーズをするアンジェ。

「アレク様と一緒に、五本の指に……」

アンジェは私を信用している、信奉していると言ってもいい。

この言い方なら、発奮すると同時に自信がつくはずだ。

五指に入る――という、私と肩を並べるまでもう少し。

世界で六番目にすごい使い手、それが本人にすり込まれたはずだ。

その証拠に、ガッツポーズした後の自分の手を見つめるアンジェの目が少し変わっていた。

まだ、言わないでおこう。

本当は私に次ぐ世界二位なのはもうしばらく黙っておこう。

そのかわり、もう少し自信をつけさせることにした。

私は手をかざして、あるものを取り出した。

手のひらに載る、小玉スイカ程度の大きさの玉だ。

「アレク様、それはなんですか？」

「アンジェはなんだと思う？　ちょっと判断が難しいものだよ」

「難しい、ですか？」

アンジェは小首をかしげて、玉を観察し始めた。

ただの玉じゃない、外側が毒々しい色合いをしている。

その色はさっきの沼と同じ、紫色でいかにも毒々しかった。

普通なら毒の塊《かたまり》、と一言で切って捨てるところなのだが。

「これ、外側ですか？」

治癒《ちゆ》の魔法に精通して、「命」というものに敏感なアンジェはそれを感じ取った。

「正解、さすがアンジェ。これを見抜けるのは中々できることじゃないよ」

「そうなんですか？」

「こっちはアンジェには難しいと思うけど、人間の意図が残っている。わざと外側だけこの毒々しいのを被《かぶ》せて、中身を何かから隠すって意図だね」

「なるほど」

「だから、わかりにくくできてる。それを見抜けるのは、この場じゃアンジェだけだね。さすがアンジェだ」

「あ、ありがとうございます。アレク様」

アンジェは頰《ほお》を染めながらも、まんざらでもなさそうな顔をした。

「これは僕がこの土地を浄化した時に気づいて、ひとまず避けたものだ。さてアンジェ。人の意思、そしてこの土地におそらく隠していたもの。これで何かを感じないかい」

「……あっ」

しばらく玉をじっと見つめていたアンジェがハッとして、まだ気を失ったままの人魚をパッと見た。

「この人だ」

「正解」

玉を持ってない方の手を伸ばして、アンジェの頭を撫《な》でる。

「そう、この人魚の意志。彼女は何かから、これを隠して守ってるんだろうね」

「そうだったんですか」

「よくやった、さすがアンジェ」

「アレク様……」

アンジェはますます嬉しそうに、頰を染めてはにかんだのだった。

14 ✦ 善人、先読みして耐性をつける

A good man,Reborn SSS rank life!!

ちらっと人魚を見る、まだ起きそうにない。

せっかくだし、アンジェにもう一つ教えておくか。

「アンジェは、属性の耐性が強くなっていくと、どうなるかって知ってる？」

「属性の耐性ですか？　無効化します」

アンジェはまったく躊躇《ちゅうちょ》することなく答えた。

「うん、無効化。アンジェがカラミティ相手に長年頑張ってきたもんね」

「はい、いつかカラミティ様の治癒耐性を上回ってみせます！」

意気込むアンジェ。

帝国の守護竜カラミティ。

その肉体は高い「対治癒耐性」があり、並の治癒魔法は徹《とお》らずはねのけられてしまう。

故に、アンジェは属性耐性の行き着く先というのをよく知っている。

もちろんカラミティのそれは無効化までいかないから、アンジェも頑張れるのだが——それ

は別の話だ。

「でも、無効化の上に何かがある気がしない？」

「何か、ですか？」

「うん、何か。無効化のさらに向こうに」

「――っ！」

息を呑《の》むアンジェ。

最初は訳が分からないって顔できょとんとしていたのだが、私が「さらに向こうに」と発言するとハッとした。

ここ最近の、私のマイブームといってもいいことだ。

技術や知識、賢者の剣を持って全て知っているからこそ、「全知」のさらに向こうを目指すようになった。

というよりは「発展」かな。

それを知っている、そして指摘されたアンジェは真剣に考えた。

考えた、が。

「ごめんなさい、アレク様……わかりません」

「大丈夫。じゃあ実演してみよっか」

「え？　も、もうできるんですか？」

申し訳なさそうな表情から一変、目を見開き驚くアンジェ。

私はにこりと微笑《ほほえ》み返して、周りを見回す。

すると、腰くらいの高さまで生えてる草に、雫《しずく》程度の毒が残っているのが見えた。

「アンジェ、その草についてる雫を僕の腕に垂らしてみて。自分は触らないように気を付けてね」

「は、はい」

アンジェは不思議がりながらも、それでも私の言葉に従った。

草を丁寧《ていねい》に摘《つ》んで、付着してる毒の雫を私が袖《そで》をめくった腕に垂らした。

すると毒が肌に触れた途端――光った。

光を放って、まるで体の中に吸い込まれるように。

それを見たアンジェは。

「……治癒？」

治癒魔法が得意なアンジェは、一目で起きてることを理解した。

「そう、治癒。回復だね、現象は。属性耐性がとことんまでいきつくと回復するんだ。吸収、と似てるね」

「そうなんですね……」

アンジェは感嘆《かんたん》した。

これがどう作用するか分からないが、アンジェは一つのジャンル——治癒をそろそろ極《きわ》めようかというレベルまできてる。

これをあらかじめ教えておけば何かが生まれるかもしれない。

アンジェの更なる成長に思いをはせつつ——。

「貴様たち！」

突然、怒鳴り声が私とアンジェの間に割り込んできた。

人魚だ。

さっきまで意識不明だった人魚が起き上がってて、私たちに向かって怒鳴っている。

「あっ、あまり大声を出すとお体に——」

「黙れ！　貴様たち、今すぐここから出てゆけ。ここは——ああっ！」

怒鳴った直後に、人魚は私を指さして違う意味で大声を出した。

うん、体は戻ってるし、そこまでの声を出せればもう大丈夫だね。

その大丈夫になった人魚は私がずっと持っていた玉を指さして。

「そ、それをどこで！　いやそんなことはどうでもいい！　それをすぐに離せ、元の場所に戻せ！」

「大丈夫、落ち着いて」

「いいから戻せ——ああっ！」

悲鳴を上げた。

天を仰《あお》ぎ見る人魚。

うごめく天の空模様、それを見た人魚の表情が絶望に染まっていく。

「早くそれを――」

言うやいなや、空から雷が落ちてきた。

覚えのある攻撃だ。

――神罰。

一時私がくらい続けていた、あの創造神の神罰だ。

それが一直線に落ちてきた。

私は持っている玉を軽く、真上に放り投げた。

「貴様あああああ⁉」

驚愕《きょうがく》する人魚。

真上に放られた玉に、神罰の雷が直撃した。

「ああ、あああぁぁ……わ、我が主が……」

がっくり、絶望のままうなだれる人魚。

あの玉が彼女の主か。

「貴様、なんてことをしてくれたんだ！　私が！　私が数百年間、慎重に慎重に守ってきた玉の血筋を！」

絶望したかと思えば、今度は私に摑《つか》みかかってきた。

「なるほど、やっぱり卵か」

「貴様知ってて！」

「うん、触れた瞬間分かった。外の薄皮一枚を毒に変化させてカモフラージュにしたんだよね。毒の玉、それが毒沼の中にあれば見つからない、と」

「したり顔で説明するな！　貴様のせいで！」

「説明するのは、それをする余裕があるからだよ」

「え？」

きょとんとする人魚。

きょとん、ということは怒りがひとまずどこかへいって、落ち着いたという意味でもある。

そんな彼女が見えるように、すぅ、と空を指した。

彼女は振り向き、私が指した方角を見あげた。

「主⁉」

そこにあの玉があった。

玉は空に浮かんだまま、神罰の雷を受け続けていた。

ただ受け続けてるだけじゃない。

光が発生して、それが取り込まれる――。

「アレク様！　耐性ですね！」

「さすがアンジェ。そう、さっきのと同じ。あの玉の耐性を上げたんだ」

「たい、せい？」

一方で、よく分からない人魚は唖然《あぜん》とした。

「この土地を浄化する時にすぐに分かったんだ。感じたあの神の力は、例の創造神のものだってね。だから玉にそういう細工をしておいた」

「えっと、ということは……もうあの玉はこれからずっと大丈夫なんですね！」

「――っ！」

アンジェの言葉に反応して、ハッとする人魚。

私を見る目には驚きが残ってたが、その中に、感謝の気持ちが確実に浮かび上がってきていた。

15 ✦ 善人、善人に思いをはせる

延々と下に続く階段を降りていた。

台座も支えもなくて、まるで空中に浮いているような階段。

「……」

一緒に降りてきてるアンジェが不安そうに下を見ながら、私の袖をぎゅっと摑《つか》んだ。

「大丈夫だよアンジェ。僕がそばにいるから」

「――はい！」

魔法の言葉でもないが、この一言でアンジェから恐怖が消えた。

私の袖を摑んだままなのは変わらないが、それは恐怖から逃れるというより、私とスキンシップを図りたい、という気持ちだけになった。

安堵《あんど》したアンジェと一緒にさらに降りる。

私たちの前方にあの人魚がいた。

人魚は玉を抱えたまま、魚の下半身で器用に階段を降りた。

その階段、永遠に続くのかと思い始めた頃、終点が見えた。

長々と降りてきたそこは、シルバームーンの「霊地」を連想させるような、清浄にして神秘的な空気が漂う空間だった。

「わあ……」

普通ではないが、悪意や害意といったものがないからか、アンジェは純粋な興味だけであたりを見回した。

そんな中、人魚は玉を空間の中心にある台座に載せた。

玉が――光った。

一際《ひときわ》脈打って、光を放った。

すると空気がさらに変わった、濃くなった。

さっきまででも静謐《せいひつ》だったのが、性質はそのままに、より強くなっていった。

「これは？」

「主は喜んでおられるのです。ここは玉座、主は数百年ぶりに帰るべき場所に戻ってこられたことがわかったのだ。たとえ属性変化とやらで、元に戻るまでのわずかな間だとしても」

「なるほど」

やっぱりシルバームーンの「霊地」と似たような系統のものなんだな。

つまりは戻せて良かった。成り行きだったが、私はそれができて良かったと思った。

「改めて礼を言う、人間の王よ」

「僕は王じゃないよ」

「？　あれだけの民衆を率《ひき》いておいて王ではない、と？」

人魚ははっきりと不思議がった。

が、それも一瞬だけのこと。

私が王なのかどうかは興味がないらしく、また台座に載った玉——彼女の主の方に視線を向けた。

「あるべき場所に戻ってこられた主、あと一〇〇〇年もすれば復活なさるだろう」

「そんなに掛かるの？」

「人間の尺度ではそうだろう」

「そっか」

きっととても長生きの種族なんだろうな。

あるいは神の一族？

なんとなく分かってきたことだが、あの創造神は他の神を排除するクセがある。

この人魚、そしてこの玉。

神だと思えば一〇〇〇年という尺度で話をするのも分かろうというものだ。

同時に、それはありがたいことでもある。

「ねえ、そういうことなら、それまでの一〇〇〇年間、この土地を僕たちに貸してくれないかな」

「土地を？」

「うん、あの民衆を住まわせる土地」

「それは……」

「代わりに守ってあげるよ、あの創造神から」

「……だめだ」

人魚は少し迷った後、はっきりと拒絶した。

「どうして？」

「お前の守りを借りるわけにはいかない。お前は人間だ。一〇〇年もすればいなくなる。一〇〇年でいなくなる相手に依存するのは危険だ。お前がいなくなった後、元の属性に戻った主はすぐにやられる」

「それだったら実働は君がすればいい」

「無理だ」

「聞くけど、例えばあの神罰を一〇〇〇だとしたら、君の力はどれくらい？　どこまでなら防げる？」

聞くと、人魚は顔を歪めて。

「〇・一……神罰で一〇〇〇なら」

「そっか」

かなりの力の差があるのか。

「分かっただろ？　私では――」

「むしろちょうどいい」

「なに？」

人魚はむっとした。

主を守るのに力不足なことを「ちょうどいい」って言われて怒っている。

「ちょっとここの大地の力を借りるよ」

私はそう言って、賢者の剣を抜いて、地面に突き立てた。

「どうするんですか、アレク様」

「僕は何回もあれにやられてきたよね」

「はい！　あっ、ううん！　アレク様はいつも勝ってます！」

意気込んで自分の直前の言葉を否定するアンジェ。

そういう「やられてきた」じゃないんだが、今はいい。

「何回もやり合ったけど、その度《たび》に全力同士のぶつかり合いだと、やっぱり疲れるのよね」

「……わあ」

「どうしたの、アンジェ」

「あんなすごいのが『疲れる』くらいの話なんだぁ……すごい……」

目をきらきらさせるアンジェ。

「疲れるのはやっぱり嫌だから、疲れない方法はないかってずっと考えてたんだ。それが――

これさ」

ヒヒイロカネの刀身を通して魔法陣を広げて、結界を張った。

プラウの結界をベースに、さらに発展させたもの。

無敵性はなく、場合によっては敵にも有利になる――というか私相手なら敵が有利になる。

しかし、その性質がかえって今は有効。

そんな結界。

「な、何をした?」

「新しい魔法ですか?」

これまでの流れで、アンジェは素早く察した。

「うん、魔法というよりは結界だね」

「効果はなんですか？　無敵ですか?」

「そうじゃないよ」

私は賢者の剣を地面から抜いて、思いっきり――全力でアンジェを斬った。

「――っ!」

驚愕《きょうがく》する人魚、しかし動じないアンジェ。

もちろんアンジェでは避けられない速度だが、やった後もアンジェは疑問にすら思うことなく立っていた。

私を信用しきっているということだ。

「これが効果なんですか？」

「一言で言えば――大ダメージ無効かな。ある程度以上の力は全部無効化しちゃう、空間の中にいる敵味方関係なくね」

私は賢者の剣を背中に背負いなおして、魔法で台座を作った。

そこに肘を掛けて、アンジェに言う。

「腕相撲《うでずもう》すればわかるよ」

「はい――あっ」

声を上げるアンジェ。

彼女を誘った腕相撲はまったくの互角《ごかく》だった。

「アレク様、本気出してますよね」

「もちろん。僕が本気出しても上限以上の力はカットされる。この中にいる限り敵味方――全員が、僕とアンジェも同じ強さになるって訳だ」

「なるほど。だったら神罰がいくらきても大丈夫ですね！」

「うん——ということだ」

アンジェとの種明かしが終わって、視線を再び人魚に向ける。

彼女はまたまたきょとんとしていたが。

「これなら君が——ううん、誰でもあの創造神から君の主を守れるよ」

「……あっ」

「ちなみに結界を変えるか壊すかするのは結界以上の力が必要だから、実質不可能だよ」

「あっ……ありがとう！」

状況を理解した人魚は、出会ってから一番の笑顔でお礼を言った。

「ということで——この土地を一〇〇〇年の間貸してくれないかな」

「……わかった！」

少し何か考えた後、主である玉をちらっと見た後。

彼女は快諾《かいだく》してくれた。

そっか。

でも、考えればそうだ。

創造神に狙われてるし。

危険さえなければ、彼女の主はこういうのを快《こころよ》く受け入れるくらいのいい人なんだろうなあ。

私は、いつか会ってみたいと、ちょっと思ったのだった。

書籍版書き下ろし
善人、オマケ加点で報われる

A good man,Reborn SSS rank life!!

「次の方。魂ナンバー1959687777、ロスト・カイントさんですね」

「えっと……ぼくは死んでしまったのでしょうか」

天上の世界、あまたの魂が並ぶ中、未だに状況の呑《の》み込めていない魂の一つが、担当の天使にそんなことを尋ねた。

ここにくる魂の中で、状況が受け入れられずにこのような質問をするのは三人に一人はいるので、話の腰を折られて進行を止められた天使は、特に怒るでもなく小さく頷《うなず》いた。

「はい、あなたは死にました。ここは死者の魂が辿り着く場所、最後の審判が下る場所です」

「はあ……」

こういう反応が薄いのも、百人に一人はいるというレベルなので、毎日数千人を流れ作業で処理している天使からすれば珍しくもなんともなかった。

天使はそのまま、魂の精算に入る。

「えっと、犯罪歴なし。この時点でCランク確定ですね。ああ、前回がDランク転生なので一つアップしてますね」

「えっと、はい」

「その他取り立てて悪行も善行もなし、っと。いたって普通の人ですね。何か異議申し立ては？」

「えっと……そうですね、普通の人ですね、はい」

男は物静かに同意した。

普通の人、と評されることについて反論を唱える余地はない。

そういう人生を送ってきて、そうなるように本人もほんの少しだが努力してきた。大きな善行もなく、悪事もない。

ただただ普通の人として生きてきて、自意識でも客観的でも「やや善人より」くらい。

「分かりました。ベースはCランクから。その他加点――あれ」

「どうしたんですか？」

「あなた、結構人を褒《ほ》めてますね」

「褒める？」

「はい、心あたりはありませんか？」

「心あたり……」

魂は、生前の肉体の感覚に引っ張られて、微《かす》かに首をかしげる風に考え出した。

「……ちょっとないですね」

「そうですか？　でもここには……人を紹介する時は必ずその人の優れたところから紹介する。ってありますよ」

「それが何かまずかったですか？」

「まずくはないですけど」

むしろ逆って話ですけど、と天使は言いかけたが言葉を飲み込んだ。

「こういうのもあります。仕事で一週間くらい家を離れて、戻ってきたら住んでいた長屋が火事で焼失していた」

「ありましたね、そんなことが」

「その時も、自分の部屋が燃えたことよりも、他の部屋の住人の安否《あんぴ》を気にしていた」

「それもなんか……まずいですか？」

「まずくはないですけど」

同じやりとりを繰り返した天使と男。

そうやって繰り返されたやりとりで、天使は男がどういう人間なのかおぼろげに分かってきた。

「大きな善行はないですけど、根っこがもう善人！　ってタイプですね」

「はあ……」

「というわけで加点含めて――ええい！　ギリギリだからちょっと査定甘くしちゃおう。次はBランクの人生で」

「えっと、ありがとうございます」

「下級貴族の娘だけど、すくなくともその代は安泰《あんたい》な家だから、楽しんできて」

「よくわかりませんが、わかりました」

「じゃあこれ飲んで、そこの穴に飛び込んで」

そこから先は、ほとんど事務的なやりとりだった。

男は記憶を消され、新しい人生に転生していった。

☆

善人は報われる、悪人は報いを受ける。

行いに応じて、次の人生が決まる、そんな世界。

人生の転機や事件に恵まれず、大きな善行はなく、もちろん悪事もしていない。

しかし、根っこが善人という加点で、次は幸せな人生を過ごすことになった。

それを可能としたのは――Sランク判定された天使たちが、生前もやはり善人で、善行を積んできた人生を送っていて、かつ同じ善人に肩入れしがちだからだ。

平々凡々《へいへいぼんぼん》と善人として一生涯を終えた男は、それを評価されて、貴族の家に生まれて、一生涯幸せに過ごすのだった。

あとがき

人は小説を書く、小説が書くのは人。

皆様お久しぶり、あるいは初めまして。

台湾人《たいわんじん》人ライトノベル作家の三木《みき》なずなでございます。

この度《たび》は『善人おっさん、生まれ変わったらSSSランク人生が確定した』の第六巻を手にとって下さりありがとうございます！

まずは皆様に心より御礼申し上げます。

商業出版で続きを刊行できるのは一〇〇パーセント、皆様が本をお買い求めくださったおかげでございます。

皆様が買ってくれたおかげで、本作『善人おっさん、生まれ変わったらSSSランク人生が確定した』は、なずなの作品の中で二番目に長いシリーズとなりました。

これほど長くアレク達の物語を書き続けられる機会をいただけたことを、心より皆様に御礼申し上げます。


この第六巻も、今までとまったく同じコンセプトの作品となっております。

究極の善人として認められたアレクは最強の力を持ちながら、前世の記憶を引き継いだ善人として、その圧倒的な力で、困った人たちを助けていく物語でございます。

そして人助けという善行を重ねるアレクは、そのお返しとして様々ないい思いをする。

善人は報われる、ＳＳＳランクの善人だと報われっぱなし――。


まったく変わらないコンセプトで、スケールだけ大きくして、この第六巻をお届けしました。

これまでお手に取ってくださった方は是非《ぜひ》安心してお買い求めください。

これを初めて手に取って興味を持って下さった方も、安心してこれまでの既刊《きかん》もお手に取っていただければ嬉しいです。


商業出版で続きを刊行できるのは一〇〇パーセント、お手に取って下さるかどうかなので、アレクたちの物語を更に育てていくお力添えをいただければ嬉しいです。

また、本作はコミカライズも展開しております。

この第六巻が店頭に並ぶ頃には、コミカライズの第二巻も刊行していると思います。

興味を持って下さってマンガで読んでみたい――という方は、書店の「なろう」コミックか、「ヤングジャンプコミックス」のコーナーをお探しいただければ幸いです。


最後に謝辞《しやじ》です。

イラスト担当の伍長《ごちょう》様。今回も新キャラの二人、最高でした！

コミック担当ゆづましろ様。素晴らしい漫画ありがとうございます。足蹴《あしげ》にされて喜ぶ女神と究極の美女のメシ顔が大好きです。

担当編集T様、今回もあれやこれやと色々ありがとうございました。

ダッシュエックス文庫様。第六巻の刊行機会をくださって本当にありがとうございます！

本書を手に取ってくださった読者の皆様方、その方々に届けてくださった書店の皆様。

本書に携《たずさ》わった多くの方々に厚く御礼申し上げます。

次巻をまたお届けできることを祈りつつ、筆を置かせていただきます。

二〇二〇年三月某日　なずな　拝

ダッシュエックス文庫

善人おっさん、生まれ変わったらSSSランク人生が確定した6

三木なずな

2020年5月27日　第1刷発行

★定価はカバーに表示してあります

発行者　北畠輝幸
発行所　株式会社　集英社
〒101−8050　東京都千代田区一ツ橋2−5−10
03（3230）6229（編集）
03（3230）6393（販売／書店専用）03（3230）6080（読者係）
印刷所　株式会社美松堂／中央精版印刷株式会社

ISBN978-4-08-631366-7 C0193